U0000674

精靈：普拉絲詩集

［最新中譯完整經典版］

Ariel: The Integrated Edition

雪維亞・普拉絲（Sylvia Plath）著

陳黎・張芬齡 譯

目錄

附錄：普拉絲作品中譯七首

雪維亞．普拉絲 (Sylvia Plath)／圖片提供：達志影像。

導讀
瓶中精靈——重探雪維亞・普拉絲

陳黎・張芬齡

▪ 普拉絲生平記事

雪維亞・普拉絲（Sylvia Plath, 1932-1963）出生於美國麻薩諸塞州，童年在波士頓近海的小鎮溫索普（Winthrop）度過。她的父親具有德國血統，在青少年時期隨家人自波蘭走廊的普魯士小鎮葛拉堡（Grabow）移居美國，是鳥類學家、昆蟲學家、魚類學家，波士頓大學生物系教授，國際知名的大黃蜂權威；她的母親比父親小二十一歲，是具有德國血統的奧地利人，在中學任教；她有一個比她小兩歲半的弟弟。普拉絲八歲那年，罹患糖尿病卻延誤醫治的父親死於腿部截肢手術的併發症。對年幼且敏感的普拉絲而言，父親的早逝是一種背叛，一種信仰或價值的幻滅，一座「巨神像」的倒塌，在她心中留下了難以撫平的創傷。當母親告訴她父親的死訊時，她說：「我絕不再和上帝講話了。」那天放學回家後，她遞給了母親一張誓約，要她在上面簽名：「我發誓絕不再改嫁。」普拉絲把生命看得過於認真，「絕不再」三個字總是很快就湧到唇邊。對感情的執著讓她不願與生命妥協，以致在尋找心靈出口的過程中跌跌撞撞，吃盡了苦頭。

普拉絲天資聰穎，八歲時就寫了一篇蟋蟀和螢火蟲的故事，發表於《波士頓先驅報》。一九五〇年，她進入史密斯學院（Smith College）就讀，多次在文學創作比賽中獲獎。金髮，姣好的容貌，修長的玉腿（這是她最引以自豪的部分）和創作的天分使她在大學裡鋒頭很健。她擔任《史密斯評論》雜誌的編輯委員，陸續在《十七歲》（*Seventeen*）雜誌上發表小說及詩作；一九五一年，她獲得婦女雜誌《小姐》（*Medemoiselle*）的小說獎；隔年暑假，獲雜誌社之邀，前往紐約實習採訪。普拉絲的一個朋友如是描述此一階段的她：「雪維亞似乎等不及人生的來臨……她衝出去迎接它，促使事情發生。」然而，事事追求完美、為憂鬱症所苦的普拉絲，曾在一封信裡寫道：「表面上，我也許小有成就，但是我心裡卻有著一大片一大片的顧慮和自我懷疑。」一九五三年秋天，她吞服大量安眠藥企圖自殺，被送往精神病院接受電擊治療（她後來在詩作〈爹地〉中寫下「你下葬那年我十歲。／二十歲時我就試圖自殺／想回到，回到，回到你的身邊。／我想即便是一堆屍骨也行」這樣的字句）。經過六個月的密集治療之後，她返回學院繼續學業。一九五五年，普拉絲以全校最佳成績畢業，並獲得「富爾布萊特獎學金」（Fulbright scholarship），前往英國劍橋大學紐漢學院（Newnham College）深造。

一九五六年二月，在劍橋求學期間的一個學生聚會上，她結識了英國詩人泰德・休斯（Ted Hughes, 1930-1998），無可救藥地愛上了他。她曾寫道：「我已極端地墜入愛情裡，這只能導致嚴重的傷害，我遇到了世界上最強壯的男人，最碩大最健康的亞當，他有著神一般雷電的聲音。」她的母親形容其後兩年是普拉絲「生命中最興奮和多采多姿的日子」。他倆於一九五六年六月十六日結婚。婚後，休斯在劍橋的一所男校任教，普拉絲則忙於學位考試、家務、寫作、將休斯的詩作投寄給文學刊物。

在劍橋住了一年之後，他們遷往美國，休斯任教於麻薩諸塞大學，普拉絲在史密斯學院教大一英文，被同仁譽為「英語系有史以來最棒的兩、三位講師之一」。但是一九五八年春天，他倆決定離開教職，靠寫作維持生計。為了突破寫作瓶頸和擺脫憂鬱症的陰影，她到麻薩諸塞州綜合醫院的精神治療科擔任祕書，也開始接受心理治療。她最好的短篇小說〈強尼恐慌小子與夢的聖經〉（"Johnny Panic and the Bible of Dreams"）或許就是在這段期間醞釀成形的。一九五九年，她在波士頓參加了「自白派詩人」（confessional poets）先驅羅伯特・羅威爾（Robert Lowell）所開授的詩歌寫作班，結識了安・薩克絲頓（Anne Sexton）。他們突破禁忌、披露個人經驗、具有情感深度的作品，對普拉絲日後的詩風具有相當程度的啟發和影響。

一九五九年聖誕節前，普拉絲和休斯搬回英國居住。他們住在廉價、乏人問津之社區的一間狹小公寓，兩人共用一部打字機，日子過得並不安逸。一九六〇年四月一日，他們的女兒弗莉達（Frieda）出生。當時休斯已出版兩本詩集，備受文壇矚目和推崇，普拉絲則隱身於其背後，扮演稱職的母親與家庭主婦的角色。一九六一年二月，普拉絲二度懷孕卻不幸流產（在〈不孕的女人〉一詩，她將未能受孕成功的身體比喻成一座有著圓柱、柱廊、圓形大廳卻無雕像的、空蕩有回音的博物館）。一九六一年九月，他們搬到得文郡（Devon）一間屋頂以茸草鋪成、有著寬闊庭園的老舊農莊，種了一些蘋果和櫻桃樹，一株金鏈花，還有一畦菜園，以及普拉絲戲稱為「史前陵墓」的小土丘——後來在〈十一月的信〉一詩，那陵墓成了「陳年屍骨堆砌成的牆」；在〈蜂螫〉一詩，它變成「殺害她的引擎」，她企圖逃脫的婚姻象徵。一九六二年一月十七日，他們的兒子尼可拉斯（Nicholas）出生。因為與養蜂人為鄰，普拉絲在六月開始養蜂——這或許象徵她與父親親密關係的延續，也或許是她將父親自死亡召回的一種方式。

一九六〇年，普拉絲的第一本詩集《巨神像及其他詩作》（*The Colossus and Other Poems*）出版。在這本詩集，普拉絲展現出技巧的完整性，語言的精確度與張力，語彙曖昧運用的空間，對韻律的敏感度，以及押韻與諧韻上靈活運用，讓她建立了一些名氣與自信，不再只是活在丈夫高大身影下的小女人。標題詩〈巨神像〉充滿了死亡的意象和空虛寂滅的情緒。普拉絲將父親比喻成孤獨落寞的古代英雄，一具坍塌的「巨神像」，試圖重建這位在她童年就已離去的守護神形象，表達出在怨懟和憎恨的背後對父親無法忘懷的依賴和依戀：「提著鎔膠鍋和消毒藥水攀上梯級／我像隻戴孝的螞蟻匍匐於／你莠草蔓生的眉上／去修補那遼闊無邊的金屬腦殼，清潔／你那光禿泛白古墓般的眼睛。」然而，整首詩宛如一場徒勞的召魂儀式：「我再也無法將你拼湊完整了，／補綴，黏附，加上適度的接合。」有著戀父情結的女子終究只能在記憶的廢墟中尋找慰藉的殘骸：「好些夜晚，我蹲踞在你左耳的／豐饒之角，遠離風聲。／／數著朱紅和深紫的星星。／太陽自你舌柱下升起。／我的歲月委身於陰影。」她日夜蹲在神像的背後，讓自己的「歲月和陰影互相結合」，再也泛不起一絲對自然的喜悅，再也不去「凝神傾聽龍骨的軋轢聲／在碼頭空茫的石上」了。普拉絲終其一生未能走出喪父之痛。

一九六二年五月，加拿大詩人大衛·威維爾（David Wevill）偕妻子阿西亞·格特曼（Assia Guttman, 1927-1969）來訪，普拉絲察覺到泰德·休斯與阿西亞之間有某種異樣的親切感。七月，普拉絲無意中發現泰德·休斯與阿西亞的姦情。丈夫的背叛形同生命中另一尊「巨神像」坍塌，讓普拉絲深受打擊，被嫉妒、憤怒和絕望所吞噬，數度感冒，持續發燒，普拉絲的母親在這段期間前來陪伴、協助照料生活起居。兩個月後，她提出分居（在母親的極力鼓勵下），獨自帶著兩名幼兒住在得文郡。她母親恐怕她再度精神崩潰，曾要求她回家居住，但為她所拒：「我一旦開始了奔跑，就不會停下來；我這一輩子都要聽到泰德的消息，他的成功，他的才賦。」在最後的幾個月裡，她夢見「倫敦的沙龍，我是那兒著名的女詩人」。她不接受母親幫助還有另一個原因，她曾告訴母親：「有段時間我沒有勇氣見你。在我還沒獲致新生活以前，我再也無法面對你。」休斯在他後來出版的書信集中提到普拉絲當時的心態：「她堅持離婚。她高傲的敵視和恨意以及傷人的舉動只是想表達：若我不回她身邊，她就活不下去。我很清楚，她是那種愛你越深就傷你越深的人。」

休斯離去後，普拉絲與絕望、病痛為伍，憂鬱症隱隱浮動，但是她的創作動力卻源源不絕。身心越是痛苦，她的創作能量反而更形豐沛；自毀慾望越是蠢動，自指尖流洩出的文字反而更形激越、清澄。她的寫作時間多半在凌晨四點，在白日與黑夜交接的安靜時刻。一九六二年十二月，在為ＢＢＣ廣播節目「普拉絲新詩作」所寫的文稿中，她說：「我的這幾首新詩作有一個共通點：它們的寫作時間都是在清晨四點左右——公雞啼叫之前，嬰孩啼哭之前，送牛奶人尚未置放瓶罐發出玻璃音樂之前的靜止、清藍、幾近永恆的時刻……」那是一段她可以不受生活現實箝制、攪擾的純真又自在的時刻。不到兩個月的時間，她寫了四十多首詩，以宣洩心中飽和的情感。二十多首她稱之為「十月詩作」的詩就寫成於這段時間，譬如〈拉撒若夫人〉、〈爹地〉、〈高熱一〇三度〉、〈深閨之簾〉、〈精靈〉，以及〈蜂箱的到臨〉、〈蜂螫〉等「蜜蜂組詩」。她將這些詩作投寄給雜誌社，幾乎都被退稿，但她仍持續寫詩。在給母親的一封信裡，她寫道：「我是作家，我是有天賦的作家，我正在寫一生中最好的詩歌，它們會讓我成名。」英國詩作家和評論家艾佛瑞茲（Al Alvarez, 1929-）在聽了普拉絲「著了魔」似地談論自己寫作的新動力後，推斷她和休斯的婚姻問題不在於外遇事件或個性不合，反而是彼此之間強烈的相似性：「當兩個有企圖心、多產又才華洋溢的全職詩人結為夫妻，其中一人每寫出一首詩，對另一人而言，彷彿自己的腦子一點一滴被掏空。對創造力旺盛的心靈而言，繆思對你的不忠，遠比配偶因外在誘惑背叛你更難以忍受。」

一九六二年十二月，她帶著孩子搬進倫敦的一間公寓（葉慈曾居住於此），聘雇了鐘點工幫忙料理家務，試圖展開新的生活，卻不幸遇到英國一百五十年以來最寒冷的冬天，水管凍裂，大雪封路，能源短缺，經濟拮据，精神苦悶，讓普拉絲的憂鬱症更形惡化。她未能實踐〈過冬〉（「蜜蜂組詩」的最後一首詩，也是她生前排定之詩集《精靈》的最後一首詩）詩末對自己的期許和對未來的願景——「蜜蜂在飛翔。它們品嚐春天」。一九六三年二月十一日清晨六點，她拋下睡夢中的兩個幼兒，在自家住宅開瓦斯結束了自己的生命：「她起身上樓，到孩子們的房間，在桌上放了一盤奶油麵包和兩杯牛奶，怕他們自起床後到打工女孩到來之前會覺得肚子餓。然後，她下樓，走進廚房，用毛巾盡可能地將門窗的縫隙封住，打開烤箱，將頭伸了進去，打開瓦斯。」艾佛瑞茲在《野蠻的上帝：自殺的人文研究》一書，如是描述普拉絲生命中最後的場景。

在普拉絲自殺前的兩個星期，她的小說《鐘瓶》（*The Bell Jar*, 1963）——或譯《瓶中美人》——以維多利亞・盧卡斯（Victoria Lucas）的筆名出版。這本半自傳體小說可說是普拉絲青春時期精神崩潰的殘酷記錄，她以自身的生活經驗為藍本，深入刻畫一名初入社會的女大學生愛瑟・葛林伍德（Esther Greenwood）在面對角色認同與生命抉擇時內心的衝突、抑鬱與掙扎，充滿了女性自覺的反思。「鐘瓶」（bell jar）原意是「鐘形的玻璃罩或容器」，醫院常用之存放胎兒標本，因此在這本小說裡，「鐘瓶」具有死亡的隱喻，瓶中一絲不掛、面無表情、令人驚懼的嬰兒屍體象徵生命的短暫、窒礙、束縛、扭曲。對普拉絲而言，世界像裝滿福馬林的鐘瓶，是一場噩夢，自己則像是被浸泡於酸腐、惡臭液體中的死嬰，無法呼吸也難以逃脫。一如小說的主角愛瑟，普拉絲也努力地想掙脫出這樣的鐘瓶。《鐘瓶》一書深入探討黑暗痛苦的心靈層面，這在任何小說都是罕見的。讀完這本自傳色彩濃厚的小說，更深入理解普拉絲敏感執著的個性、複雜多感的內心世界，以及她必須面對的社會現實之後，讀者就不會狹隘地將她的自殺歸咎於丈夫的背叛。

普拉絲和休斯的愛恨糾葛並未隨她的去世而畫上句點。休斯彷彿受到詛咒般，始終困鎖於背叛的罵名與妻子自殺的夢魘，至死都不得解脫。一九六九年，他的外遇對象阿西亞帶著她與休斯所生的兩歲稚女，採取與普拉絲同樣的方式（開瓦斯）自殺身亡。他與普拉絲所生的兒子，在美國阿拉斯加擔任大學水產學與海洋科學教授的尼可拉斯，也於二〇〇九年（四十七歲時）在家上吊身亡。此外，休斯還做了兩件讓讀者和學者質疑、批判其動機的事情——擅自調整詩集《精靈》的內容和詩作順序，改變了詩集原本的基調（讓「蛻變再生」變成了「自我毀滅」），並且以「不想讓孩子們讀到」為由，銷毀了普拉絲生前最後三個月所寫的日記，還聲稱一九五九年晚期到一九六二年秋天（《精靈》寫作關鍵期）普拉絲所寫的日記「失蹤」了。面對外界（包含女性主義者）的誹謗和撻伐，休斯從不辯解。一九九八年，他於死前數月出版了詩集《生日信函》（*Birthday Letters*），詩集中的八十八首詩，是他自一九六三年以來，每逢普拉絲生日寫給普拉絲的八十八封信，以虛擬的手法與亡妻對話，回憶兩人過往的點滴，抒發心中的愛意、歉疚與哀傷：「你的鬼魂與我的身影密不可分」；「原意不是為了傷害／只為留存快樂的回憶」。他倆因詩歌結緣，他或許希望也能藉由詩歌和解。

■ 女兒弗莉達為普拉絲親訂版《精靈》寫序

普拉絲生前出版的詩集有《巨神像及其他詩作》，死後由她的丈夫休斯編選出版的詩集有：一九六五年，英國版《精靈》（*Ariel*）；一九六六年，美國版《精靈》（*Ariel*）；一九七一年，《渡河》（*Crossing the Water*）和《冬樹》（*Winter Trees*）；一九八一年，《普拉絲詩合集》（*Sylvia Plath: Collected Poems*），收錄普拉絲一九五六至一九六三年間所寫的二二四首詩作，並且選附其五十首少作（Juvenilia）。一九八二年，普拉絲以這本詩合集成為首位死後獲頒普立茲獎的詩人。

二〇〇四年，由普拉絲女兒弗莉達寫序的「還原版」《精靈》（*Ariel: The Restored Edition*）在美國出版，其中收錄的四十一首詩作全都是普拉絲生前所選定，詩作也悉依普拉絲生前排定的順序付印。我們翻譯的這本完整經典版《精靈》，除收錄前述「普拉絲親訂本」四十一首，以及普拉絲死後「休斯編輯本選入詩」十四首（兩者共五十五首）

外，還附加了七首普拉絲各階段的代表作。

普拉絲在一九六三年二月十一日自殺時，書桌上留有一個黑色彈簧文件夾，裡頭是四十首詩作的原稿。普拉絲在手稿目錄倒數第二首詩〈蜂群〉標題前後加上括弧，「還原版」《精靈》因此以附錄的方式將之列於書後，我們則將之置於「普拉絲親訂本」最後一首詩〈過冬〉之前。原稿的首頁清楚地打出書名：《精靈及其他詩作》（*Ariel and other poems*）。這本詩集以「愛」（love）字開頭（第一首詩〈晨歌〉的第一個字），以「春天」（spring）結尾（最後一首詩〈過冬〉的最後一個字），普拉絲似乎有意藉此告訴讀者，此書涵蓋了她從婚姻破裂前到最後決定展開新生的心靈狀態，充斥其間的則是絕望、苦痛、抑鬱、嫉妒、焦躁、怨恨、憤怒、復仇、嘲諷、無助……等諸多複雜情緒交錯的情感層面。

在普拉絲親訂本《精靈》裡，有一些詩作頗為赤裸地呈現出普拉絲內心底層最私密、幽微的情感和情緒，她以極殘酷、惡毒的意象、字眼或語調，影射她的丈夫，她的母親，她的父親，她丈夫的情婦，她丈夫的叔叔，她的鄰居，以及她熟識的友人。這也是為什麼當初休斯在編選《精靈》時，會將下列十多首「具有個人針對性」的詩作抽換掉：〈捕兔器〉、〈沙利竇邁〉、〈不孕的女人〉、〈一個祕密〉、〈獄卒〉、〈偵探〉、〈蕾絲伯斯島〉、〈另一個人〉、〈戛然而逝〉、〈閉嘴的勇氣〉、〈深閨之簾〉、〈失憶症患者〉。休斯另外補進了普拉絲其他一些詩作，我們參照休斯編輯時插入的位置，將十四首「休斯編輯本選入詩」融入此本中譯完整經典版《精靈》。

弗莉達說她的母親之所以挖掘這不堪的一切，其實是為了擺脫過去，以便繼續生活。這本詩集的出版雖讓她的父親泰德·休斯受到的誹謗加劇，但是弗莉達認為它具有另一層象徵意味——她找回了對母親的擁有權。弗莉達對後人曲解其母親之生平和作品頗不以為然：「這好比她詩歌能量的黏土被占據之後，再以之捏製出對我母親的不同說法，捏造者捏造的目的只為了投射自己的想法，他們彷彿以為可以占有我真真正正的母親，一個在他們心中已然失去自我原貌的女人。我看到〈拉撒若夫人〉和〈爹地〉這樣的詩一次又一次地被剖析，我母親寫作它們的當下被套用到她整個人生，整個個體，彷彿它們是她所有經驗的總和。」弗莉達不希望後人以頒獎的方式來紀念她母親的死，她希望人們頌讚她「生」的事實：曾經存在，曾經竭盡所能地生活，曾經快樂和悲傷，苦惱和狂喜，曾經生下她和她的弟弟。弗莉達說她的母親在寫作時，是獨特非凡的，在與糾纏其一生的憂鬱症奮戰時，是勇敢的；她將每一個情感經驗當作可以拼湊成一件華服的小布塊，絲毫不浪費任何一點她的感覺，在能夠駕馭這些混亂騷動的情感時，她就能將她驚人的詩的能量發揮到極致。弗莉達認為《精靈》一書是非凡的成就，她母親在一觸即發的情感狀態和懸崖峭壁的邊緣力求平衡，她追求的絕非「墜落」的藝術。這些詩是她母親在情感遭受巨大騷亂期間的所感所思，是她母親試圖駕馭、平衡自我內在力量的成果，《精靈》之詩有權為自己發聲。

有趣的是，弗莉達說她在三十五歲之前從未讀過其父母親的詩作（除了幾首父親寫的童詩）。她刻意拒絕閱讀，一方面因為也寫詩的她不想受到父母親詩風的影響，一方面自然因為心中存在的陰影。一直到答應為「還原版」《精靈》寫序，她方鼓起勇氣，進入母親的詩歌與生命內層，與母親重新對話。

■ 閱讀《精靈》

《精靈》之詩風格獨具、技巧純熟，憂鬱的氣質和哀愁的情調瀰漫其間。普拉絲寫自我感官與情感的體驗，寫親子之情，寫母女關係，寫父女情結，寫女性自覺，寫諸多複雜情緒交錯的內心世界。她晚期的作品有許多是在一種極端神經質和創作力旺盛的情況下寫成的，意象一個接著一個湧現，滿溢的情緒以極強的力道釋出，兩大主題——恐怖且難以駕馭的人性經驗，傀儡似無意義的人際關係——左右著她的想像。她曾這樣形容自己晚期的詩：「瘦瘦長長的，像我自己一樣。」當然，絕不僅止於形體上的相像，這些詩是普拉絲企圖反擊並超越那些縈繞其心的許多感情鬱結的記錄；我們可以說她的作品往往是一個小小的寓言，她企圖透過寓言的建立來超越原來的處境或心境，正如艾佛瑞茲所說：「這種秩序的詩作是殘酷的藝術。」半世紀以來，她的詩名和作品被人們渲染上幾分傳奇的色彩，如果普拉絲活得久些，詩藝是否會更上一層樓，誰也沒法預言，因為她的詩作似乎和死亡是密不可分的。由於她是近代作家，當初論者以為還無法騰出時間的距離來評估她在文學史上的最終地位，她詩中過於狂烈、過於內塑的語調，是否對後代讀者也具有同樣的衝擊力，似乎也仍待時間來裁定，但現在大家都同意，她在二十世紀詩壇已確然占有一席重要位置，其秀異、獨特一如她的前輩女詩人，十九世紀的狄瑾蓀（Emily Dickinson, 1830-1886）。

● 女性角色與自我價值的反思

在男性主宰的六〇年代社會，有自覺的女性往往在愛情、婚姻、家庭，和個人興趣、事業之間擺盪，面臨自我迷失與身分認同的困境，身為女性詩人，普拉絲對女性在傳統社會和現實生活中所扮演的角色，表達出相當程度的關注。在〈申請人〉一詩，她以婚姻介紹所為背景，讓介紹所的主管以推銷員之口吻帶動全詩的發展，呈現出女性在傳統社會和婚姻關係中自我和精神價值的喪失。介紹所主管代表著傳統社會的聲音。第一句話：「首先，你符合我們的條件嗎？」就點出了女性的處境——社會要求每個女人與社會規範妥協，要求她們埋藏起個人特質，成為同一規格的「集體產物」。介紹人把婚姻的價值建築在物質條件上，認為娶妻如購買適用的物品，你需要的只是一隻端茶杯的手，一件還算合身的衣服，一部會縫紉烹調的機器，一帖療傷的膏藥，一個唯命是從、不會抱怨的玩偶，一張價值與時俱進的白紙，或者一個任憑男人差遣的工具，而不是一個有血有淚、有自我意識的女人，一個具有個性特質、感情與人性尊嚴的個體。你需要的不是「她」，而是「它」。透過說話者之口，普拉絲以迂迴卻犀利的方式嘲諷「將女性物化」的傳統價值觀，以女性主義勇者之姿對傳統提出抗議。

在〈深閨之簾〉一詩，普拉絲假借印度或伊斯蘭教地區隱藏在深閨之簾背後，或遮臉面紗之下的女子之口，道出男權宰制的傳統制度下女性的悲哀。她的臉被遮住了，表達內心情感的臉部表情被隱藏起來，自我的特質被迫抹消，只能「像鏡子一般發出幽微之光」，她的存在只為反射或彰顯他人（尤其是她稱之為「眾鏡之主宰」的丈夫）的存在：「我屬於他。／即便他／不在，我／依然在我那充斥不可能的／劍鞘裡自轉，／／

在這些長尾小鸚鵡，金剛鸚鵡之間／我無價且無言。」深閨之簾幕或遮臉之紗罩無疑是禁錮和自我否定的象徵，是女性受壓抑的證據。在詩的後半段，受壓抑的情緒逐漸引爆（「我將釋出……」的句法四度出現），紗罩底下帶著「謎樣的」微笑的女子不願再被當作「佩戴首飾的小玩偶」，不願再隱忍，她將釋放出久藏心中的「那頭母獅，／浴缸中的尖叫，／滿是破洞的斗篷」，反噬男權至上的傳統，或反弒丈夫——男性霸權的執行者。

標題詩〈精靈〉（"Ariel"）寫於普拉絲最後一個生日當天。普拉絲在BBC（英國國家廣播公司）朗讀詩作時，為此詩所做的註解極其簡短：「另一首騎在馬背上的詩。詩題『精靈』，是我特別喜愛的一匹馬的名字。」因此，此詩的第一層意涵是：普拉絲描述在天色猶昏暗的凌晨騎乘 Ariel 迎接日出的身心體驗，但是 Ariel 一字的多重意涵讓此詩的詮釋角度更形多樣。從文學典故的角度來看，Ariel 為莎士比亞《暴風雨》一劇中火與大氣之精靈，原先被禁錮於荒島上，後來被落難的國王普洛斯帕羅（Prospero）征服，成為僕役，供其差遣。為了自身的解放，Ariel 興風作浪，幫助國王奪回權力，重獲自由。Ariel 此一認命卻渴望自由的象徵，正是普拉絲內心的寫照。從另一角度來看，Ariel 在希伯來文解作「神的雌獅」，暗示出普拉絲冀望的身分：擁有神奇威力的女性。從傳記學的角度而言，普拉絲在死前最後幾個月的例行生活儀式幾乎是：凌晨三、四點起床寫作至小孩睡醒，然後開始照料小孩、處理家庭雜務。在陰暗的凌晨到天亮這段時間，她可以不受現實生活攪擾，可以剝除日常雜務，專注地擁抱詩人的身分。此刻的她彷彿騎在馬背上，與馬「合而為一」，衝破「黑暗中的壅滯」，讓無以名之的另一事物牽引著她穿越大氣，像裸身騎著白馬穿街而過的戈蒂娃，層層剝除「腿股，毛髮；／自腳跟落下的薄片」，「僵死的手，僵死的嚴厲束縛」，從肉體層面進入飽滿的心靈狀態：「現在我／泡沫激湧成麥，眾海閃爍」。在整首詩裡，普拉絲將「找回被煩瑣生活磨蝕掉的純粹的創作喜悅」的內在意念暗藏於「騎馬快意奔馳」的外在動作，於是「夜間騎馬」成了進行自我追尋和女性自覺的隱喻。天亮了，孩子睡醒後哭泣，她必須回到她無法剝除的生命角色。但是在回到現實之前，她仍想緊緊抓住、盡情享受這最後一刻短暫的自我解放：「我是一支箭，／／是飛濺的露珠／自殺一般，隨著那股驅力一同／進入紅色的／／眼睛，那早晨的大汽鍋」。太陽升起，露珠會消逝；孩子醒了，獨力撫養孩子的普拉絲必須自詩人的身分抽離。如何在女性自覺與生活現實的拉鋸下安頓身心，是上天給予她的一道生命難題，〈精靈〉這首詩——如同《精靈》詩集裡的許多詩作——是她試圖解題的例證。

●寫給孩子

普拉絲喜歡在詩作裡探討或抒發自我和某一感知對象（或內在或外在）的關係，而從中獲得宣洩或啟迪，如〈格列佛〉、〈梅杜莎〉、〈晨歌〉、〈夜舞〉、〈你是〉。英國詩人、學者霍爾布魯克（David Holbrook）曾說若想探觸普拉絲世界的精華，可從她的〈你是〉這首詩著手。此詩寫於女兒弗莉達出生前數星期，充滿了愉悅的期待；母親等待著新生命的臉龐呈現——尚未具有臉型的生命：「一塊潔淨的石板，映著你自己的臉龐」。這塊石板將會擁有它自己的臉龐，至於它將成為哪一種生命，就得視其個別差異性而定了：待產的嬰兒是隆起的「小麵包」，是被期盼的郵件，是「一簍鰻魚，滿是漣漪」——它可能以任何型態出現，它未知的內涵和喜悅是相連的。它與死亡對立，期望誕生、存在、延續生命，「很自然地／無意與絕種的巨鳥為伍⋯⋯」。從象徵意義來看，她的詩作和小說《鐘瓶》的嬰兒並非存在於世上，而是從未誕生、存在於個人內部之精神上的嬰兒。

一對兒女在普拉絲生命中占有十分重要的位置，他們雖然不足以驅走存在於現實生活中的憂鬱和痛苦，但絕對是她喜悅的重要源頭，是她生命灰暗期的重要發光體。在〈尼克與燭台〉一詩，普拉絲以礦工自喻，心情鬱卒有如身處幽暗礦坑，被「黑蝙蝠的氛圍」籠罩著，鵝黃的燭火照射下，兒子是「唯一／可讓空間欽羨而倚靠的實體」，是「馬棚裡的嬰孩」，她甚至在睡夢中憶起胎兒在子宮裡的美麗睡姿：「你交叉的姿勢。／血在你體內／／綻放潔淨之花，紅寶石」。孩子為她地獄般的生活散發出聖潔的光輝和美，「那或許無法隔絕俗世之煩憂，對她卻具有救贖的能量」，普拉絲曾為此詩寫下這樣的註腳。

然而，普拉絲是不相信永恆的。在〈晨歌〉一詩，她用親切的口吻描寫初為人母的喜悅，繼而探討生命的起落。初生之兒正像一日之晨，是一座「新的雕像」，但是他的到來先是帶給普拉絲滿心的喜悅（「愛使你走動像一只肥胖的金錶」），隨後卻是某種隱含恐懼的惶惑：「你的赤裸／遮蔽我們的安全。我們石牆般茫然站立」，她甚至不願意認同自己新的身分，和孩子之間存在某種隔閡或陌生感：

我不是你的母親
一如烏雲灑下一面鏡子映照自己緩緩
消逝於風的擺布。

整個晚上你蛾般的呼吸
撲爍於全然粉紅的玫瑰花間。我醒來聽著：
遠方的潮汐在耳中湧動。

烏雲灑下雨水而後消失，隱喻生命之短暫易逝；烏雲灑下的雨水如鏡，映照自己逐漸消失的影像，暗示普拉絲擔心人母的角色會讓她的自我價值喪失。全詩的時間由黑夜寫到黎明，正象徵大自然生命不斷地更新。雖然詩中不時閃現「茫然」、「消逝」、「撲爍」等不確定的字眼，普拉絲仍抱持喜樂的心情迎接新生命和新的生命角色：「現在你試唱／滿手的音符；／清晰的母音升起一如氣球」。

在另一首為兒子而作的〈夜舞〉裡，普拉絲如此描述其幼兒夜間在嬰兒床上之手舞足蹈：「如此純粹的跳躍和盤旋——／毫無疑問地它們永遠／／悠遊於世……／／你細微的呼吸，你的睡眠散發的／浸透的綠草香，百合，百合……」母親本該抓住這些姿態，而它們似乎在母親領收之前就已溶散：

所以你的手勢一片片落下——

溫暖而人性，它們粉紅的光接著
淌血，剝落
穿過天國黑色的失憶症。

這裡，母親感覺得出自己從孩子那裡得到了許多溫暖，但不敢確定自己是否有能力接受並應答這些手勢。孩子展現的清朗微笑和姿態停留在她生存的外圍，好比雪片飄落肌膚之上，輕觸即溶化。這首詩以令人心悸的字眼「無處可尋」作結，此刻，普拉絲注視兒子的目光是慈藹中帶著黑色的陰鬱。

● 寫給丈夫，父親，母親，情敵……

在許多詩作裡，她挖掘最深刻的內心世界，使作品成為令人動容或心疼的自剖圖或自畫像。她寫出多首影射丈夫外遇事件的詩作，以抒發內心的苦痛，譬如〈偵探〉、〈一個祕密〉、〈另一個人〉、〈失憶症患者〉。雖然有時語調難掩激動，近乎吶喊，但多半時候普拉絲還是注重詩藝的，透過意象和技巧賦予詩作更寬廣的詮釋空間。在

〈捕兔器〉，她以捕兔器與兔子之間的微妙關係，暗喻夫妻或情人之間愛恨交織的對峙關係：

它們如此癡情等候他，那些小死亡！
像情人一樣等候著。讓他興奮。

而我們也存在一種關係——
中間隔著拉緊的鐵絲，
釘得太深拔不出的木樁，指環似的心思
滑動，緊鎖住某個敏捷的東西，
這一束緊，把我也殺死了。

在〈獄卒〉一詩，她以獄卒和囚犯的關係，暗喻互相傷害（「我已被下藥，強姦。／七個鐘頭將我從健全的心智／擊入一個黑麻袋」）又互相依存（「黑暗要怎麼辦／若無高燒可食？／光線要怎麼辦／若無眼睛可刺殺，他要怎麼／怎麼，怎麼辦，若是沒有我。」）的夫妻關係。諷刺的是，施以酷刑的獄卒看似強勢的加害者，在飽受酷刑的受害者（說話者）眼裡，卻是仰仗她維持其角色、身分和威嚴的弱勢者。這樣的觀點顯示出普拉絲的不服輸性格。〈閉嘴的勇氣〉一詩以這樣的詩句作結：「它們的死亡光芒被摺疊，有如／某個被遺忘之國的旗幟，／一個在群山間宣告破產的／頑強獨立國」，傳神地勾勒出普拉絲孤寂但倔強的心境。

在〈爹地〉一詩，她點描出她與父親的關係（父親的死亡和德國血統是左右此類情感經驗的一大因素），宣洩久藏心中的情緒。全詩以一名具有戀父情結之女孩的口吻來敘述，父親被描寫成了法西斯主義者：

我始終畏懼你，
你的德國空軍，你的德國腔調。
你整齊的短髭，
和你印歐語族的眼睛，明澈的藍。
裝甲隊員，裝甲隊員，啊你——

不是上帝，只是個卐字
如此黝黑，就是天空也無法穿過。
每一個女人都崇拜法西斯主義者，
長靴踩在臉上，畜生
如你，獸性獸性的心。

卻把自己寫成遭受迫害的猶太人：

一個被送往達浩，奧胥維茲，巴森的猶太人。
我開始像猶太人那樣說話。
我想我有足夠的理由成為猶太人。

兩者的關係處於一強一弱，一壓迫一抗拒的局面，這層意象一方面很適當地表達出愛/恨的矛盾關係，另一方面也影射了歷史上納粹的壓迫。另外值得一提的是，這首詩使用兒歌的韻和節奏，以一個韻直押到底（可惜因語言差異，中譯未能忠實呈現），用以強調詩中這女孩心理上的未成熟，以及她在此關係中所處的附庸地位。普拉絲很可能藉此暗示我們詩中的悲劇性：整首詩雖然是想藉感情的記載來超越此一「可怖的小寓言」（套用艾佛瑞茲的話），然而這縈繞的噩夢並沒有得以蛻除，詩中人物在心理上仍活在童年期，所受的創傷或許永遠無法抹掉。在第十六節，普拉絲寫道：「如果我已殺一人，我等於殺了兩個——／那吸血鬼說他就是你／並且啜飲我的血已一年，／實際是七年，如果你真想知道」，這另一個人指的是與她結婚七年的丈夫；普拉絲在此將失去父親的痛和失去丈夫的痛平行並置。普拉絲藉此賦予「父親」一詞多重隱喻，它指稱死去的父親，背叛的丈夫，也影射父權體制，而普拉絲所對應的角色則是受創的女兒，憂憤的妻子，和困頓的女性。

雖然有女權運動者將普拉絲視為男性霸權下受壓抑的犧牲品，或者以死亡擺脫男性霸權的孤寂勇者，但是從她的詩作中，我們發現普拉絲對其現實生活中的女性也存有不滿和怨恨。母親理當是與她最親近的女性，然而她家書中的母親和她作品中的母親判若兩人，她對母親的情感似乎充滿了矛盾。在信中，她的母親是辛勤付出讓女兒幸福、感激的偉大女性：「你是世上最好的媽媽，我希望能把更多的桂冠鋪放在你的腳邊」；在作品中，有著強烈操控慾望的母親卻是造成她個性壓抑、幻想破滅的元凶之一。在《鐘瓶》這部小說裡，她如此描寫故事主角母親的睡態：「髮捲在頭上閃爍，像一排小小的軍刀」；在〈梅杜莎〉一詩，她以希臘神話的蛇髮女妖暗喻母親——一個嚴密監控、讓她窒息的人，她亟欲逃脫卻難以割離。在這首詩裡，母親是「糾葛如藤壺的老臍帶，大西洋電纜，／似乎讓自己維持在一種神奇修復的狀態」，是「肥厚又鮮紅，令活蹦亂踢的／戀人們癱瘓的一只胎盤」，是「眼鏡蛇的光／將氣息壓擠出晚櫻科植物的／血色鐘形花」，讓她「吸不到任何空氣，／身亡，一文不名，／／過度暴露，像X光」，是「令人毛骨悚然的梵蒂岡」，她希望她們之間毫無瓜葛。

普拉絲與休斯的姊姊歐爾溫（Olwyn）關係並不和睦。普拉絲不喜歡歐爾溫，在寫給母親的書信中從未提及此人；歐爾溫也不喜歡普拉絲，她曾對一名傳記作者說普拉絲具備「恐怖分子的特質」。歐爾溫在某次與普拉絲爭吵過後，兩人未再見面。諷刺的是，休斯後來將普拉絲的遺產管理權交給了歐爾溫，普拉絲的母親認為這形同將其作品「穿上了壽衣」，普拉絲若地下有知，當會十分惱怒。

休斯的外遇對象阿西亞，當然更是普拉絲文字箭矢投射的目標，〈蕾絲伯斯島〉即是針對阿西亞所寫的詩作。她以極其尖銳、狠毒、情緒化的字眼，把阿西亞形塑成心理變態的劊子手或食人魔：「你說我該溺斃小貓。它們太難聞了！／你說我該溺斃我女兒。／如果她兩歲發瘋，十歲就會割喉。／那嬰孩，胖蝸牛，自／橙色油氈製的晶亮菱形窗微笑。／你可以吃他。他是個男孩。」幸好普拉絲未因嫉憤而忘卻創作美學，整首詩除了發洩情緒之外，也勾勒出兩個似乎同病相憐的女人（另類的同性戀者）充滿敵意卻又無法割離的密切又矛盾的關係：

你有一個嬰兒，我有兩個。
我應該坐在康瓦爾外的岩石上梳頭髮。
我應該穿虎紋褲，應該搞一次外遇。
我們真該在來生相遇，應該在空中邂逅，
我和你。

同一時間傳來油脂與嬰兒大便的臭味。
上一顆安眠藥讓我麻木而遲鈍。
燒菜的油煙，地獄的煙霧
讓我們的頭飄浮，兩個心懷恨意的死對頭，

我們的骨頭，我們的頭髮。

〈對手〉一詩傳誦頗廣，有人說是針對普拉絲之母寫的，有人說是針對情敵，或歐爾溫。反覆讀之，讀者應該會同意這首詩精練、生動地傳遞出這對夫妻詩人互怨互斥又互相憐惜、互為寫作「對手」的微妙情境：

如果月亮微笑，她會跟你很像。
你給人的印象和月亮一樣，
美麗，但具毀滅性。
你倆都是出色的借光者。
她的O形嘴為世界哀傷，你的卻不為所動，

你最大的天賦是點萬物成石。
我醒來身在陵墓；你在這裡，
手指輕叩大理石桌，想找香菸，

惡毒如女人，只是沒那麼神經質，
死命地想說些讓人無言以對的話。

月亮也貶抑她的子民，
但白天時她卻荒誕可笑。
而另一方面，你的怨懟
總經由諸多郵件深情地定期送達，
白色，空茫，擴散如一氧化碳。

沒有一天可以不受你的消息干擾，
你或許人在非洲漫遊，心卻想著我。

● 死亡之詩

在〈榆樹〉一詩，感染荷蘭榆樹病（樹皮受真菌感染導致枝葉逐漸枯黃落盡）的榆樹，成了她內心的寫照。被病毒逐漸吞噬的榆樹，恰似她被憂鬱或情傷所困的心靈。愛是一抹陰影，她在其背後哭喊；是遠離的馬蹄聲，她苦苦追趕。整晚狂烈地奔馳，「直到你的頭成為石塊，你的枕成一方小賽馬場」；有著飄散而過的雲朵的臉龐，暗藏嘶嘶作響的「蛇陰的酸液」。對愛情的執著，讓她飽受折磨，「萎縮而扁平，像經歷了劇烈的手術」，而她心中的吶喊仍「每晚鼓翼而出／用它的鈎鉤，去尋找值得愛的事物」。但是有個「黑暗的東西」就睡在她的體內，她「整天都感覺到它輕柔如羽的翻動，它的憎惡」，這讓她害怕，因為她知道它會麻木意志，「足可置人於死，死，死」。這首詩寫出她對愛情的幻滅與渴望，對生命的無奈與困惑，我們看到生和死的意念在此進行文字拔河和辯證。

三十一歲自殺身亡的普拉絲有過三次瀕死的經驗：第一次發生在她十歲那年，「那是意外事件」；在二十歲那年，企圖吞安眠藥自殺；在三十歲那年，曾駕車駛離道路，衝進一座老舊飛機場（普拉絲曾向艾佛瑞茲坦承那次車禍並非意外，而是故意尋死未果）。她說她之所以能夠如此自在地書寫自己自殺的行為，是因為這一切已成過去。在那次車禍中，她從死神手中溜走，逃過一劫，她自嘲那是她每十年必經的一次命運。在〈拉撒若夫人〉一詩，普拉絲藉一名假想女子的死而復生（和《聖經》中的拉撒若一樣）來敘述自殺的衝動和死亡的經驗：

我又做了一次。
每十年當中有一年
我要安排此事——

全詩為一種不祥、巫術般陰鬱神奇的氣氛所籠罩：「像貓一樣可死九次」，「我使它給人地獄一般的感受」，「從灰燼中／我披著紅髮升起／像呼吸空氣般地吞噬男人」——這樣的字句不但表達出死亡的恐怖和迷人，也傳達給讀者一種以企圖自殺作為關注自我的戲劇性。

死去
是一種藝術，和其他事情一樣，
我尤其善於此道。

她把死亡提升到藝術的層次，這是一般人無法體會到的。他們以觀看一幕鬧劇或脫衣舞的心情（「嗑花生米」的觀眾！）前來觀看，而詩中人則像推銷專利品似地現身解說此種藝術；現實生活中為人們畏懼排斥的死亡，被普拉絲以一種嘲諷的輕鬆語調說出，主題和語調上的差距形成了某種張力。我們對普拉絲企圖超越苦痛所表現出來的勇氣和客觀感到讚佩。普拉絲還在詩中穿插了對納粹集中營的影射以及集中營裡醫生對死亡的觀點，來豐富全詩的涵義，增加詩的深廣度。她把醫生描寫成珠寶商人，把自殺身亡的病人視為自己的財產，展示供人觀賞以獲利；甚至在屍體焚化之後，還翻攪爐中的灰燼想找尋值錢之物。這影射了集中營內對人性尊嚴的抹煞（在第二詩節裡的「我的皮膚／明亮如納粹的燈罩」即暗指集中營內納粹軍官用人皮做成的燈罩）。這首詩以個人（一個三十歲女人）的死亡為經，以集中營之集體死亡為緯，交織成一首令人心悸又心動的詩。

在BBC朗讀詩作時，她曾為這首詩寫下簡短的註腳：「此詩的題目是〈拉撒若夫人〉。說話者是一名具有厲害又恐怖的再生天賦的女子。問題是，她得先死去才行。你可以說她是鳳凰，自由意志的靈魂；她同時也只不過是個善良、平實，足智多謀的女人。」對於普拉絲的自殺，艾佛瑞茲有精闢的看法：「不論在生活或者詩作，雪維亞的表現都具有一致性，既不歇斯底里，也不尋求同情。她談論自殺時，就像她談論其他具有危險性、挑戰性的活動一樣，語氣是急迫，甚至激烈的，毫無自憐的成分。她似乎把死亡視為一場她能再度克服的肉體挑戰。這樣的經驗和她自學騎乘 Ariel 或在劍橋大學念書期間試圖駕馭一匹脫韁野馬的經驗，具有共通的特質，也和她的小說《鐘瓶》裡最精彩的一段——不知如何滑雪卻沿著坡道疾速下滑——這樣的生活經驗是一樣的。總之，對她而言，自殺並非自昏迷逐漸走向死亡，亦非一種『在午夜裡無痛了斷』的意圖；它是某個必須在神經末梢尖銳地被立即感應並加以抗拒的東西，它像是入會儀式的洗禮，可使她有資格真正擁有自己的生命。沒有人了解童年時期父親的過世對雪維亞的打擊有多大。而這麼多年來，傷痛已經被轉化成『成年意味著成為受難的生還者』的信念。因此死亡對她而言，是每十年就要償還一次的債：為了要『活著』長大成為一個女人，一位母親，一名詩人，她必須以『她的生命』作為代價，用某種偏頗與不可思議的方式清償債務。」普拉絲其實並非真的想死，自殺前曾在紙條上寫下霍德醫生的電話，並註明：「請打電話給霍德醫生。」她原本只想布置一次未遂的自殺，就像詩中的說話者（拉撒若夫人）一樣，進行一場死而復生的儀式，卻不幸弄假成真。

普拉絲之所以自殺，或許不是厭世尋死之舉，而是為了想活下去而發出的求救訊號。細讀她的詩作，我們可以發現隱藏在痛苦縫隙間的生之慾望，〈鬱金香〉一詩即是一例。動過手術在醫院靜養的普拉絲把安靜的病房想像成死亡之海，她的身體是「一塊卵石」，是「一艘船齡三十年的貨船」，她想像自己逐漸沉沒，捨棄一切世俗包袱，連同自我和一切「與愛相關的連結」，變得像修女一樣純潔，了無罣礙。然而，死亡的意念被友人送來的鬱金香給打斷、化解了。色澤鮮豔的鬱金香是生命力與活力的象徵：「即便隔著包裝紙我仍聽得見它們的呼吸聲」，「它們的紅豔與我的傷口交談，傷口回應著」，擾亂了她原本死寂的心境，撩撥起她的生之慾：

鬱金香應該像危險動物一樣關進籠子裡；
它們開放，像非洲大貓張大了嘴，
這讓我察覺我心的存在：它缽狀的紅花
開開闔闔，純然是出於對我的愛。
我喝的水溫溫鹹鹹的，像海洋，
來自和健康一樣遙遠的國度。

死亡之海最後蛻化為有溫度、有味道的生之海洋，或許遙遠，但確實存在。在〈到彼方〉的詩末，她寫道：

車廂晃動，它們是搖籃。
而我，步出這層裹著
舊繃帶，舊煩厭與舊臉孔的皮膚，
步出忘川的黑色車廂，走向你，
純潔如嬰兒。

她是多麼企盼脫離過去，展開全新的未來！不幸的是，她卻天真地以為她所渴望的新生可以藉由死亡失而復得，她的〈生日禮物〉以下列詩句作結：

就揭下那層面紗，面紗，面紗吧。
倘若是死亡，
我會讚賞其深沉的莊嚴，永恆的眼睛。
我會知道你是認真的。

到時就會出現一種高貴，就會有一次生日。
刀子就不會是用來切開肉的，而是參與，

純淨如嬰兒的啼聲，
而宇宙自我身旁悄悄溜走。

死亡讓她「純淨如嬰兒」（這類的意念在她詩作數次出現）。對她而言，自殺不是結束生命，而是她重生的手段，生命的洗禮，另類的生日禮物。

在〈高熱一〇三度〉裡，普拉絲似乎以一名娼妓對「純潔」和「愛」的幻滅來替這人世間的兩大美德下註腳。（這幻滅不正或多或少代表了普拉絲對愛的失望？）她始終被那黃色、陰鬱、低層的「愛的煙霧」所造成的「罪惡」裹捲著，發燒到華氏一〇三度實際上是由內心不潔淨之感所引發的，一直要等到她藉著身體的高熱來擺脫一切不純潔的感覺，她才感受到昇華的喜悅；其實這精神上的飛升極可能只是高熱的暈眩所形成的錯覺，而普拉絲運用了並置的手法，把這兩種高熱合而為一，造就成淨化的意象。在ＢＢＣ朗讀詩作時，普拉絲為此詩做了如下的註腳：「這首詩講述兩種火——讓人痛苦的地獄之火，以及讓人純淨的天堂之火。隨著詩作的開展，第一種火在飽經折磨之後，提升為第二種火」。與休斯分居後，普拉絲曾數度感冒高燒不退，若說此詩是普拉絲的自我期許——期待自己如浴火鳳凰，在經過情傷之火燃燒後，淬鍊出更堅韌成熟的性格——似乎也是合理的解讀。

● 蜜蜂組詩

父親是蜜蜂專家，自己也曾養過蜜蜂的普拉絲，寫出了不少以蜜蜂為題材的詩，五首「蜜蜂詩」在普拉絲生前被編排在《精靈》這本詩集的最末，作為壓卷之作。在這組詩裡，普拉絲在蜜蜂身上找到了絕佳的隱喻，探索自己與外在環境、家庭、文學創作的關係，剖析自己的生命情境和心境，企圖為自己存在的價值找到新的定位。蜜蜂組詩始於夏天（第一首〈養蜂集會〉的時間背景為夏天），而終於冬天，展望春天（最後一首〈過冬〉的時間背景為冬天，以「蜜蜂在飛翔。它們品嚐春天」作結），寓意深遠。

普拉絲曾飼養一窩蜜蜂，也參與當地養蜂人協會的聚會，〈養蜂集會〉描述的即是她初次與會的體驗：和養蜂的村民會合到山林「打開蜂箱，獵捕蜂后」。整首詩以問句開頭，也以問句結束，中間穿插了十多個問句，顯然企圖融入群體之中的詩人是脆弱、惶惑不安且格格不入：「我身穿無袖夏季洋裝，無護身之物，／而他們全都戴了手套和帽子，為何無人告知我？／……我赤裸如一根雞脖子，我不討人喜歡嗎？」靠近蜜蜂時，心生恐懼的她幻想自己可偽裝成植物，以逃過蜂螫：「我現在是馬利筋的穗鬚，蜂群察覺不到的」；「我若站立不動，它們會以為我是峨參」，一如希臘神話中的山林水澤女神達芙妮（Daphne）化身月桂樹，以逃避阿波羅的騷擾。在她眼中，大自然危機四伏，周遭植物似乎都充滿敵意：豆苗花黑暗陰沉，鬚莖捲拉起的穀筋像凝結的血塊，花色腥紅（scarlet），山楂（hawthorn）以惡臭麻醉自己的孩子。scarlet 和 hawthorn 兩字讓人聯想起十九世紀美國作家霍桑（Nathaniel Hawthorn, 1804-1864），以及他那部探討人性的脆弱與黑暗的知名小說《紅字》（*Scarlet Letter*），普拉絲或許有意藉此暗示她當時的灰暗心境。為了保護老蜂后，養蜂人把未交配過的處女蜂移開，卻不見老蜂后的蹤影。詩末「樹叢中那只白色長箱」和「全身發冷」的字眼，很難不讓人聯想到棺柩和死亡，詩人或許感嘆自己正處身心空巢期（婚姻破裂，與丈夫分居，獨自在異鄉撫養兩名幼兒），一如不見蜂后的空蜂巢。

在〈蜂箱的到臨〉一詩，意象的轉換循著感情發展的邏輯，很技巧地涵括了恐懼、憐憫、憤怒和親切之情。整首詩充滿「閉鎖」或「受挫」的意象：「沒有窗戶……／只有一道小小的鐵柵，沒有出口」，「它黑暗，黑暗……／渺小，畏縮等著外銷」，「卑微，接二連三被逮捕」——這群蜜蜂的困境正是詩人鬱積、受挫心境的寫照。一大群蜜蜂被關在蜂箱裡嘈雜不休，黑暗不可見，使普拉絲聯想到一群「非洲奴工」；無法理解的音節（暗喻內心深處的怒吼）使她想到一群「羅馬暴民」，而因此覺得自己正扮演著凱撒式的暴君角色。她是蜜蜂的主人，有權決定如何對待蜜蜂，一如她是婚變的當事人，有權決定如何處理此一事件。詩末三行「明天我將做個親切的神，還它們自由／／這個箱子只是暫時擺在這兒」，普拉絲以「釋放蜜蜂」暗喻想讓事情曝光，以釋放內在壓抑情感的強烈渴望。然而，如何釋放蜜蜂而不被蜜蜂螫到，如何適當處理這難熬的人生困境，對普拉絲是一大考驗。

〈蜂螫〉的寫作靈感，或許源自普拉絲在給母親的信中提到的一個小插曲：在他們新建蜂房搬移蜂箱時，休斯被飛進頭髮的蜜蜂螫到了。普拉絲顯然是帶著恨意回望過往。他們之間的距離遙遠：「他與我／／之間隔著一千個乾淨的蜂巢」（兩行之間分段，詩的形式暗示著鴻溝的存在）；曾經被普拉絲「帶著極度的愛意」當成杯子彩繪的蜂箱，此刻在她心裡「甜美」光環盡失，她對自己當初的選擇產生了懷疑：「孵巢灰暗，一如貝殼化石／令我恐懼，它們似乎很老。／我買的是什麼？蟲蛀的桃花心木箱嗎？」甚至連休斯被蜂螫到都和背叛有所關聯：「蜂群識破了他，／如謊言般在他雙唇上發霉，／讓他的五官更形複雜」。在這首詩裡，她以蜜蜂暗喻自己當時的處境。丈夫背叛她，她的位置被新的女人取代，她彷彿年老蜂后（「雙翅是撕裂的披肩，長長的身體／被磨光了長毛絨——／既可憐又赤裸又無后儀，甚至丟人現眼」）；她操持家務，為生活奔波（「雖然多年來我吃塵土／用我濃密的頭髮擦乾餐盤」——童話和《聖經》的典故），有如忙碌的工蜂（「我站在一列／／長著翅膀，平凡無奇的婦女縱隊中，／採蜜的苦力」），但不甘於平凡、庸碌的角色（「我絕非苦力」），不願與「這些只會忙進忙出，／關心的只是櫻桃與苜蓿開花的消息的婦女」為伍。她雖幻想自己是能夠「掌控全局」，迎向新生（「我的製蜜機在這兒，／它不假思索便能運轉，／開啟，在春天，像一隻勤勞的處女蜂」），內心卻是認同老蜂后（「我／有個自我尚待尋回，一隻蜂后」），心懸不見蹤影的老蜂后（「她死了嗎？還是在沉睡？／有著獅紅之軀，玻璃之翼的／她上哪兒去啦？」）她想像「此刻她正在飛翔／比以往更為可怕，紅色／傷疤懸於空中，紅色彗星／劃過殺害她的引擎上方——／這陵墓，蠟鑄的屋子」，這不正是她冀望從墳墓般的婚姻傷痛解脫的內心寫照嗎？她相信被處女蜂逐出的老蜂后仍然可以擁有「比以往更為可怕」的能量。

休斯將〈蜂群〉一詩納入一九六六年美國版的《精靈》，但如前所述，普拉絲生前編排《精靈》一書手稿時，在目錄頁此詩標題前後加了括號。這首詩雖然也以蜜蜂命名，也因蜜蜂而引發一連串聯想，但其著眼點、企圖心和思想格局似乎比其他四首蜜蜂詩更為深遠，這或許是普拉絲對於應否將之納入《精靈》一書舉棋不定的原因。一九六二年十月，普拉絲在接受彼得·歐爾（Peter Orr）訪談時說：「我不是一個歷史學者，但是我發現自己對歷史的著迷日益增加，現在所閱讀的歷史著述越來越多。目前，我對拿破崙特別感興趣，對戰役、戰爭、第一次世界大戰……也很感興趣，覺得隨著年齡的增長，我越來越有歷史感。當然，二十幾歲時的我絕不是這樣的。」〈蜂群〉一詩或許可視為普拉絲體現其歷史觀的作品。

在〈蜂群〉這首詩，普拉絲將小鎮生活的插曲（有人開槍射擊蜂群）與著名的歷史事件（拿破崙的故事）融合為一，讓開槍的養蜂人和不斷征戰擴張勢力的拿破崙產生某種對應關係，於是蜂群「掉落／瓦解，落入長春藤的樹叢裡」，被戴著石棉手套的人「擊入歪斜的草帽」，猶如歐洲諸國落入拿破崙之手（「拿破崙大悅，他對一切都很滿意」），歐洲霸權之於拿破崙，猶如「一噸重的蜂蜜」之於養蜂商人。然而勝利的背後陰影幢幢：拿破崙征俄失敗（「雙輪戰車，騎從，偉大的皇軍到此為止！」），接著反法盟軍直驅巴黎，迫使他簽訂退位條約，流放到厄爾巴島（「厄爾巴島的隆肉駝在你短小的背上」），後來又在比利時滑鐵盧被聯軍擊潰，結束政治生涯，曾經創造歷史的偉大榮耀，最終還是淪落到虛幻、蒼涼的境地（「軍官，上將，將軍們白色的胸像／爬行著把自己嵌入神龕」）。同樣地，微笑的商人看似風光的蜂／豐收背後，似乎也危機四伏：「大如圖釘的蜂螫」；「蜜蜂似乎具有榮譽的觀念，／一種黑色、頑強的心智」。被擊落的蜂群此刻似乎溫馴，但無人能保證下一刻它們會如何，集體意志的力量是可以讓情勢逆轉的。

〈過冬〉是普拉絲蜜蜂組詩的最後一首，也是她所排定的詩集《精靈》的最後一首。這首詩是普拉絲在困境中回望過去的心情記錄：六罐蜂蜜不是甜的，反而像「酒窖裡的六隻貓眼」，陰沉可怖；蜂蜜罐所在的位置是「在無窗的黑暗中／在屋子的中心／緊鄰上一個租屋者腐臭的果醬／以及空洞閃光的瓶子——／某某先生的杜松子酒」——這些描述暗示普拉絲對六年婚姻生活感到失望和心酸。面對外在與內在的雙重酷寒（倫敦一百五十年來最冷的冬天，以及丈夫背叛的事實），普拉絲企圖在蜜蜂（bee）的身上尋找象徵存在（be）的火光以「過冬」：「對蜜蜂而言這是堅持的時節」；「它們圍聚成球狀，／與所有的白／對抗的黑色心智。／雪的微笑是白色的」；「蜜蜂都是女人，

／……她們已擺脫男人，／／那些遲鈍，笨拙的蹣跚者，那些鄉下人」；「冬季是女人的季節」。她雖不是全然充滿樂觀的自信（「這群蜜蜂會存活下來嗎？這些劍蘭／能夠將它們的火儲存起來／邁入來年嗎？／它們嚐起來是何滋味？聖誕玫瑰嗎？」），但對未來依舊抱持希望（「蜜蜂在飛翔。它們品嚐春天」）。此刻，普拉絲相信自己，一如蜜蜂，是可以度過寒冬、擁抱春天的。

綜觀這五首每一詩節都是五行的「蜜蜂組詩」，我們發現普拉絲除了注重形式，善用意象，以蜜蜂隱喻自己的內心世界和外在處境，還融入了相當多的歷史、文學、文化、神話、寓言的典故，展現出她企圖讓個人經驗具有普遍性或象徵意涵的創作野心。

● 留白的自白

《精靈》這本詩集是普拉絲的情感與心靈的記錄，自我情境的反思，是她希望世人聽見的強烈訊息，這和休斯認為的詩的功能不謀而合：「所有藝術都是傷痕累累的人為的嘗試；藝術是麻醉劑，是一種療傷的過程」；「詩是我們尋找定位、嘗試療傷、化解苦惱此一繁複過程的表達工具」。在文學史上，普拉絲被歸類為「自白派詩人」，以極具張力的文字揭露個人內心世界。羅伯特．羅威爾曾說：普拉絲寫詩，就像「裝上六發子彈，大玩俄羅斯輪盤」。我們看到普拉絲的多重身分在其間拉鋸——充滿溫柔愛意的母親，被嫉恨撕扯扭曲的妻子，有著戀父／弒父情結的女兒，在生活壓力和創作慾望之間拉鋸的作家……；我們看到了生命亮光與陰影在此交錯，生與死的議題在此爭辯；我們也看到了濃烈的情感與嚴謹的詩風在此力求平衡。一九六二年十月，在回答彼得·歐爾提問時，普拉絲曾說：「我相信一個人應該要有能力控制並支配自己的經驗，即便是瘋狂、被折磨這類可怕的經驗，而且一個人應當要有能力以一種明察聰穎之心支配這些經驗。我認為個人經驗是非常重要的，但是它當然不應該只成為一種封閉的盒子或攬鏡自顧的自戀經驗。」顯然，她希望自己的詩作不是只狹隘地被定位成個人經驗的再現或個人情緒的抒發，而是宏觀地被賦予普遍性或象徵性的意涵。

在接受訪談時，她總是以極低調的輕淡語言，談論自己蘊含了尖銳思緒、豐沛能量、複雜意象和純熟技巧的詩作。她希望讓作品本身自行發聲，邀請讀者進入她的生活經驗，內心世界和心情轉折，親身領受她藉由文字所散發出的情感能量，以及直視問題、自我剖析的創作勇氣。她「自白」，卻從未鬆懈好詩該「留白」的藝術與技巧。雖然她的詩作往往循著情感的邏輯發展，許多字句不合日常語法，但是從她詩作的形式、語調、文字、意象、節奏、韻律、敘事的鋪陳和氛圍的營造，我們仍可感受到一種節制的放縱（或放縱的節制），一種迂迴的坦率（或坦率的迂迴）。倘若在她的文字迷宮裡迷途，讀者或許無須訴諸理性強作解讀，不妨大聲朗讀（普拉絲曾說「它們是為耳朵，而非為眼睛而作；它們是要大聲朗讀的詩作」），感受她的情感律動，想像她凝視生命時的韌性（或任性）眼神。

■「休斯編輯本選入詩」略述

《精靈》首次出版時，是由休斯所編選（英國版於一九六五年出版，美國版於一九六六年）。休斯大致依循了普拉絲親訂本目錄表上的順序，不過英國版抽掉十三首，美國版抽掉了十二首。他為英國版另選了〈霧中之羊〉、〈懸吊的人〉、〈小賦格〉、〈年歲〉、〈慕尼黑衣架模特兒〉、〈圖騰〉、〈癱瘓者〉、〈氣球〉、〈七月的罌粟花〉、〈仁慈〉、〈挫傷〉、〈邊緣〉和〈語字〉等十三首詩替代，但比美國版少了〈瑪麗之歌〉一詩，以及親訂本中的〈蜂群〉。這些替代詩作選自一九六二年十一月中旬以後所寫的最後十九首，以及三首更早的詩作。

普拉絲曾為〈霧中之羊〉做過如下的註解：「說話者的馬以緩慢、靜冷的步伐，走下碎石山坡，朝底下的馬廄前進。時間是十二月，霧濛濛的。霧中有羊。」孤寂的景象是孤寂心情的寫照，此刻普拉絲心中的天堂是虛無且陰暗的：「無星、無父，一片黑水」。

〈懸吊的人〉一詩描寫在精神病院接受電擊治療的經驗。她彷彿懸吊在沙漠樹上的先知，以抽離心態冷眼回望自己的痛苦，散發出的黑色幽默讓人心疼。

〈圖騰〉一詩描寫凌晨時分發生於英國最大的肉品批發市場史密斯菲爾德的一幕幕可怖的宰殺場景。普拉絲曾說這首詩由「一堆互相關聯的意象」組成，像「圖騰柱」上的圖案。這些屠夫刀下的生物是被死神烙印的圖騰，象徵了被命運宰制的某些殘酷的生活真相。

在〈瑪麗之歌〉，普拉絲從禮拜日的烤羔羊，聯想到受迫害的異教徒和為納粹屠殺的猶太人，她對戰爭和種族迫害的休止是悲觀的，覺得自己（或者每個人）脆弱如大屠殺中的小孩，終將像禮拜日羔羊，被烈火燒炙，被世界吞食。詩題〈瑪麗之歌〉應該是源自十九世紀的美國童謠〈瑪麗有隻小羊〉（Mary Had a Little Lamb）。童謠中的瑪麗和小羊相親相愛，普拉絲詩中的瑪麗竟然烤小羊而食之，其諷刺意味不言可喻。

〈小賦格〉可說是〈爹地〉一詩的前奏或序曲。「賦格」是一種音樂形式，以一個主題為中心，被所有聲部模仿，相同的主題以各種巧妙的對位方法在樂曲中交織、展開。賦格（fugue）一詞來自拉丁語，有逃遁、追逐，和飛翔之意，亦譯作「遁走曲」。普拉絲以「小賦格」為詩題，道出她與父親的微妙關係，也隱含逃逸、抽離的內在渴望。普拉絲試圖自童年的回憶與父親建構某種連結，卻發現回溯的過往難逃殺戮和殘缺的黑色陰影：父親切剁的香腸「像砍斷的脖子」；剩下「一條腿，和一個普魯士頭腦」的父親是她最初的男人原型。父親缺了腿，她的記憶也只能跛行，為戀父情結所困的普拉絲，無力逃離愛恨交織的親情糾葛。此種「野蠻——純粹的德國風。／死者的哭喊自那裡傳來」的父權形象，不時被普拉絲在詩中與製造大屠殺的納粹／德國連結在一起。在〈慕尼黑衣架模特兒〉一詩，浩劫後的慕尼黑是「巴黎與羅馬之間的停屍間」，沒有思想、無再生可能，「魁肥」的德國佬們「沉睡於深不見底之驕傲裡」。

在〈氣球〉一詩，我們捕捉到普拉絲作品中少有的清朗笑顏，然而這份愉悅的背後仍隱含不安的因子：帶有節慶色彩的氣球雖然賞心悅目，一旦「受到攻擊，便嘎吱一聲／砰然爆裂，急速歇止，奄奄一息」，最後經不起幼兒好奇的探索和咬嚙，粉紅飽滿的氣球只剩「一塊紅色碎片」。普拉絲在死前一週所寫的這首詩，具體而微地道出了她對生命的看法：美好多彩，但不長久；看似清朗無心機，其實暗藏危機；滿載祝福，卻可能瞬間破滅。普拉絲是不相信永恆的，在〈年歲〉一詩，她寫道：「永恆讓我厭煩，／

我從來不想得到。」但是，她渴求生命中的動力，譬如「運動中的活塞」或「馬群的奔蹄」，這些都是對抗生活中「巨大的壅滯」的具體力量。在〈七月的罌粟花〉一詩，我們看到類似的生命態度。在難熬的時刻，若要她在痛苦面對（「流血」）和自欺逃避（「入睡」）兩者之間作一抉擇，她寧選前者（「但願我的嘴能與那樣的創傷結縭！」）因為即便罌粟的汁液能讓她「感覺遲鈍，心情平靜」，但那會讓生命平淡（「沒了顏色。沒了顏色」），這樣的人生對倔強的普拉絲而言是沒有意義的。對〈癱瘓者〉近乎「壅滯」的生命狀態——無所欲求卻也無從感觸，普拉絲是深表憐憫的。

普拉絲凝視〈挫傷〉，放大紫色的瘀傷，讓它成為白色肉身的聚焦點，成為岩石的凹洞，整座海洋的軸心。傷口或許只是「蒼蠅般大小」，卻可能因此成為痛不欲生的理由（「末日的記號」）。對感情執著、不願與生命妥協的普拉絲如是凝視生命的傷口，「心扉關閉，／大海悄然後退，／鏡子罩上了布」，找不到心靈的出口，走不出喪父之痛以及被丈夫背叛的憂傷。

〈邊緣〉和〈氣球〉一樣寫於死前一週（一九六三年二月五日），是普拉絲最後一首詩作，可謂絕筆之作。一個長年為憂鬱症所苦，對父親存有矛盾情感，品嚐過愛的幻滅，經歷諸多混亂騷動的情感經驗的女子，對生命會有怎麼樣深刻的體認呢？答案竟是令人心悸的「死亡」。〈邊緣〉——精神崩潰或自殺之死亡邊緣——一詩開頭即已指出：「這女子已臻於完美。／她死去的／身體帶著成就的微笑……」她聽到命運女神的召喚，感覺「已走了老遠，該停下來了」的時候了。這首詩裡病態但寧靜的氣氛是普拉絲許多詩作的共通特點。

書寫是普拉絲紓解鬱悶的重要方式，文字是她在情緒懸崖徘徊時的保命索，身心的痛苦激發出她驚人的創作能量。她的〈語字〉自腦海蜂湧而出，有時如樹木被斧頭劈落，自樹心蕩出群馬奔騰的回聲，有時如潭水被滾落的石塊激起野草般的波紋之後，努力回復先前的平靜。這些奔馳如馬蹄的語字，在現實生活中，終究無法為詩人挽死亡宿命的狂瀾於既倒，普拉絲最終還是像「一顆白色頭顱，／被蔓生如野草的綠波吞噬」，未能借助語字之力跳出幽深的心靈潭水。然而「多年之後」，半個世紀之後，作為讀者的我們在生命的「路上巧遇它們」——普拉絲這些詩句，這些「乾涸且無人駕馭的語字」，仍壯美地發出「堅持不懈的達達蹄聲」。

■ 譯者與普拉絲的因緣

接受國內出版社邀約翻譯這本詩集，對於嘗試譯詩工作將近四十年的我們，別具意義。我們在師大英語系就讀期間（一九七二－一九七六年），因為對現代詩的興趣，時常在一起閱讀或搜尋中外現代詩資料。畢業後對詩的熱情有增無減，乃思藉著翻譯，較有系統地閱讀些東西。一九七七至七九年間，陳黎服預官役於空軍，擔任英語教官，頗多空閒時間，張芬齡則於一九七八至八〇年間就讀於台大外文研究所——這段期間是我們有計畫地譯介外國現代詩的開始。我們先從英國詩人拉金（Philip Larkin）、休斯，以及休斯的另一半——普拉絲著手。在當時的台灣，要獲得一些比較新的資訊似乎並不容易，不像現在可以透過多樣實體或網路書店購得，足不出戶，東西就寄到你家。甚至不必購書，上網搜尋、下載，幾個動作，要的資料一次到位。一九七八年前後，我們在中山北路的書店找到了一本翻版的普拉絲小說《鐘瓶》，又於牯嶺街舊書攤買到一本原版精裝的普拉絲詩集《精靈》，帶給我們蠻多閱讀的樂趣。後來以張芬齡之名在《中外文學》月刊一九七九年二月號、三月號發表了〈雪維亞・普拉絲其人其詩〉，介紹了這位名震大西洋兩岸、只活了三十一歲的天才女詩人。她和休斯兩人可說是英語現代詩壇的金童玉女，然而她的自殺身亡，她與休斯間的恩恩怨怨，更成為二十世紀文壇持久不衰的熱門話題。

張芬齡一九七八年寫給陳黎信中的一段話，可以略見當時台灣學府內資訊之不足：

「上個星期為了寫 Plath，我到師大圖書館去，什麼也沒找到，那裡的書太舊了。找了半天，只找到一句話和她有關：『英國評論家把 Robert Lowell 和……以及 Sylvia Plath 列入 confessional poets』，而這些都早已知道。」在沒有什麼註解、評論可以參考的情況下譯介現代或當代詩，對能力有限的我們實在是一件苦中作樂之事。翻譯這些英語詩拓寬了我們的視野，讓我們因為具體接近幾位極優秀詩人的作品，而對一位創作者可能有的深度與強度略有體會。這些東西後來收錄在張芬齡《現代詩啟示錄》（書林，一九九二年）一書輯二的「英美現代詩譯介」裡，包括普拉絲的十八首詩，其中十一首出自詩集《精靈》。二〇〇五年，我們將「英美現代詩譯介」增訂為《四個英語現代詩人：拉金，休斯，普拉絲，奚尼》出版，普拉絲的詩增譯了一首《精靈》裡的〈夜舞〉。

二〇一二年暑假，美國愛荷華大學亞洲與斯拉夫語文系教授費正華（Jennifer Feeley）來花蓮，告訴我們她正在做美國「自白派詩人」中譯歷史研究，根據她的調查，我們應是最早把普拉絲詩譯介到中文世界者。我們不知道我們對推廣普拉絲作品給中文讀者是否有功，但就像我們譯介的諾貝爾獎得主辛波絲卡，在台灣居然需透過受辛波絲卡的詩影響的幾米繪本，才讓更多讀者認識到這位享譽世界的波蘭女詩人，本地文化圈（譬如劇場工作者）或一般讀者對普拉絲感興趣，恐怕也是在看過二〇〇三年紐西蘭女導演

Christine Jeffs 拍攝的普拉絲傳記電影《瓶中美人》（*Sylvia*）之後。

我們很高興大學畢業四十年後做成這本詩集的翻譯，一方面延續了當初與普拉絲的因緣，一方面向這位去世半世紀的天才女詩人致敬。陳黎的詩〈狂言四首〉裡，有一首詠嘆莎士比亞《暴風雨》中精靈 Ariel 主人普洛斯帕羅之作，以之讚美在紙上或想像的瓶中役使文字精靈、呼風喚雨、舞弄光影的普拉絲或所有創作者，應該也算恰當：

我的魔法杖能呼風喚雨
如同詩人或作曲家，點化
沉舟，從海底喚起精靈
役使他們佈置假面空中舞會
和奇妙的音樂，用一支筆
在稿紙的海上圈出一座島
一個想像與和解共築的美麗
新世界：昏睡久久的將起來
長久睜眼的將入眠，仇敵成為

情人，瘋狂即是健全，死與生
兩人三腳，電腦與豬腦同槽……

在蜜蜂吸蜜的地方吸蜜，在
夢隆起的地方儲存短暫人生
瘋子，情人，詩人三位一體
即便所有精靈最終化作空氣
一陣音樂，給愛情以食物，給
虛無飄渺的東西以檔名，位址

一如詩人／歌者 Don McLean（1945-），在其著名的“Vincent”一曲中對瘋狂、自殺的畫家梵谷的詠嘆：「如今我明白了，你試著要告訴我什麼。／你如何因神志清明而飽受折磨，／你如何試圖解放他們：／但他們不願聽，他們聽不懂。／也許，他們現在願意聽了……（Now I understand what you tried to say to me / How you suffered for your sanity / How you tried to set them free / They would not listen, they did not know how / Perhaps, they'll listen now...）」在普拉絲死後半世紀，我們也許比以前稍加聽得懂，看得懂，「瘋子，情人，詩人三位一體」，為其清明（或瘋狂）受苦的這位瓶中美人、瓶中精靈，試著要告訴我們的東西……

二〇一八年十月・台灣花蓮

精靈及其他詩作

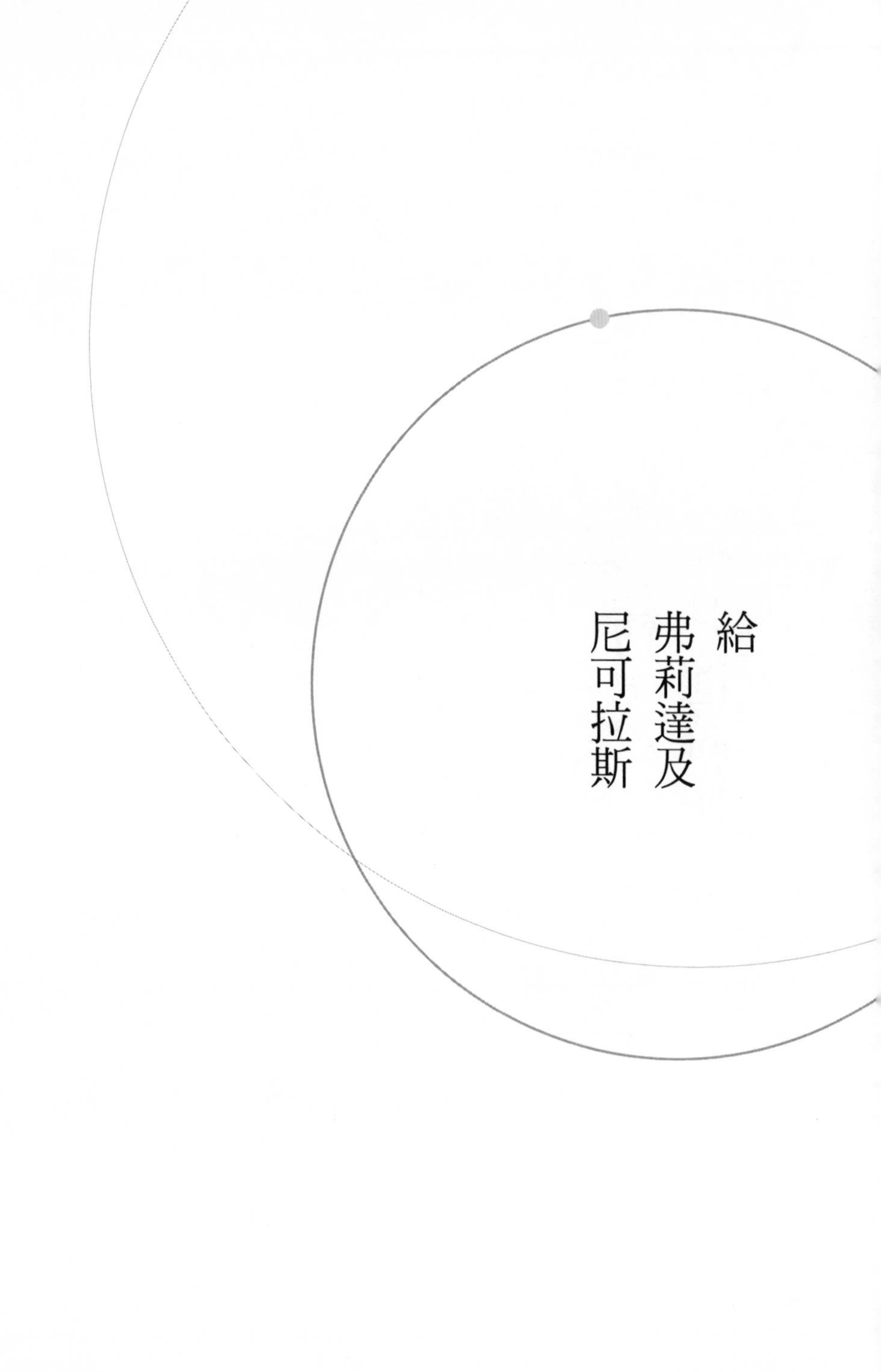

給
弗莉達及
尼可拉斯

晨歌（Morning Song）

愛使你走動像一只肥胖的金錶。
接生婆拍打你的腳掌，你赤裸的哭喊
便在萬物中占有一席之地。

我們的聲音呼應著，渲染你的來臨。新的雕像
在通風良好的博物館裡，你的赤裸
遮蔽我們的安全。我們石牆般茫然站立。

我不是你的母親
一如烏雲灑下一面鏡子映照自己緩緩
消逝於風的擺佈。

整個晚上你蛾般的呼吸
撲爍於全然粉紅的玫瑰花間。我醒來聽著：
遠方的潮汐在耳中湧動。

一有哭聲，我便從床上踉蹌而起，笨重如牛，穿著
維多利亞式的睡袍，滿身花紋。
你貓般純淨的小嘴開啟。窗格子

泛白且吞噬其單調的星辰。現在你試唱
滿手的音符；
清晰的母音升起一如氣球。

（1961年2月19日）

譯註：此詩是普拉絲為女兒弗莉達而作。

快遞信差（The Couriers）

蝸牛在葉面上留下的話語？
那不是我的。別收下。

密封錫罐裡的醋酸？
別收下。那不是真品。

鑲有太陽的金戒指？
謊言。連篇謊言，一樁傷心事。

葉子上的霜，潔淨無垢的
大汽鍋，嗶啵作響，自言自語，

在九座黑色阿爾卑斯山的
每個峰頂，

鏡中的騷動，
大海打碎了它灰色的鏡子——

愛情，愛情，我的季節。

（1962年11月4日）

霧中之羊（Sheep in Fog）*

一座座山丘遁入白茫茫之中。
人們或星辰
都哀戚地注視我，我讓他們失望。

火車留下一道氣息。
啊，緩步的
馬匹，鐵鏽的色澤，

馬蹄，憂傷的鈴鐺——
整個早晨啊
早晨越來越昏暗，

一朵被遺漏的花。
我的骨頭靜止不動，遠方的
田野融化了我的心。

他們揚言
要讓我通達一座天堂，
無星、無父，一片黑水。

（1962年12月2日，1963年1月28日）

譯註：詩題後標＊號者，為「休斯編輯本選入詩」。底下皆同。一九六二年十二月，在為BBC廣播節目「普拉絲新詩作」所寫的文稿中，普拉絲說在這首詩裡「說話者的馬以緩慢、靜冷的步伐，走下碎石山坡，朝底下的馬廄前進。時間是十二月，霧濛濛的。霧中有羊」。

捕兔器（The Rabbit Catcher）

那是個威力十足的地方——
風以我飄亂之髮堵塞我的嘴，
撕裂我的聲音，而海
用它的光擋住我視線，死者的生命
在其中捲開，攤展如滑油。

我領教過荊豆的敵意，
黑色的尖刺，
黃色蠟燭花的極烈油膏。
它們有效率，十分美麗，
而且華奢，如折磨。

只有一個地方可以抵達。
一觸即發，充滿香味，
小徑都縮成了坑洞。
而陷阱幾乎都是不曝光的——
零，關住虛無，

密集安置，彷彿分娩的劇痛。
尖叫聲的闕如
在大熱天形成了一個坑洞，一個空缺。
玻璃似的光是一堵清晰的牆，
灌木靜了下來。

我感受到一種靜止的忙碌，一個意圖。
我覺得捧握馬克杯的雙手，呆滯，遲鈍，
正搖響這白色瓷器。

它們如此癡情等候他，那些小死亡！
像情人一樣等候著。讓他興奮。

而我們也存在一種關係——
中間隔著拉緊的鐵絲，
釘得太深拔不出的木樁，指環似的心思
滑動，緊鎖住某個敏捷的東西，
這一束緊，把我也殺死了。

（1962年5月21日）

沙利竇邁（Thalidomide）

噢，半邊月亮——

半個腦袋，發光體——
黑人，戴著白人的面具，

你被截斷的
陰暗肢體緩緩爬行，怵目驚心——
蜘蛛一般，陷於危境。
什麼樣的手套

什麼樣的皮料
能保護我
脫離那陰影——
除不掉的花苞，
肩胛骨上的關節，
跌撞成形的
臉孔——還拖著
被剪下的
先天不足的血胎膜。
整晚，我為被給予的事物

打造一個空間，
一種有著
兩隻濕眼和一陣尖叫的愛。
冷漠的

白色唾液！
暗色果實旋轉，落下。
玻璃破裂開來，
影像
逃逸，夭折，如水銀滴落。

（1962年11月4–8日）

譯註：原文標題 Thalidomide，又名反應停、沙利度胺、酞咪脈啶酮、撒利多胺，是最早上市的非處方鎮定劑，早期用於治療懷孕婦女的噁心、嘔吐症狀，但在一九六〇年代發現此藥在妊娠期服用，會造成嬰兒四肢嚴重畸形。

申請人（The Applicant）

首先，你符合我們的條件嗎？
你是否配戴著
玻璃眼球，假牙或枴杖
吊帶或領鉤，
橡皮乳房或橡皮胯部，

顯示什麼東西不見了的線跡？沒有，沒有？那麼
我們怎麼給你一樣東西呢？
不要哭。
張開你的手。
空空的？空空的。這裡有一隻手

可用來填補它並且心甘情願
為你端來茶杯驅走頭痛
你怎麼說它就怎麼做。
你願意娶它嗎？
保證絕對

在臨終時為你翻下眼瞼
溶解煩憂。
我們用鹽研製出新的產品。
我注意到你赤身裸體。
這一套衣服如何——

又黑又硬，但還算合身。
你願意娶它嗎？
防水，防碎，保證防

火且防穿透屋頂的炸彈。
相信我，他們會讓你穿著它入葬。

現在你的腦袋，恕我直言，空洞。
我也有這方面的候選名單。
到這兒來，親愛的，走出壁櫥。
嗯，你覺得那個如何？
開始時赤裸如紙張

但二十五年不到她就變成銀，
五十年，就成金。
活生生的玩偶，隨你從任何角度去看。
它會縫紉，會烹調，
還會說話，說話，說個不停。

它管用，沒什麼不對勁的地方。
你有了傷口，它就是膏藥。
你有眼睛，它就是影像。
小伙子，這是你最後的寄託了。
你可願意娶它，娶它，娶它。

（1962年10月11日）

譯註：在為BBC廣播節目「普拉絲新詩作」所寫的文稿中，提及此詩時，普拉絲說：「說話者是一名業務主管，某種嚴厲的超級業務員。他想確認申請人是真的需要該公司出產的優越產品，而且保證會善待它。」

不孕的女人（Barren Woman）

空空蕩蕩的，最輕的腳步也會在我身上回響，
無雕像的博物館，有著圓柱、柱廊、圓形大廳的雄偉建築。
在我的庭院裡，一座噴泉湧出又沉回己身，
出家尼之心，不問世事。大理石百合
散發出香氣般的蒼白。

我想像自己被一大群人圍著，
一尊白色勝利女神像和幾尊無眼珠阿波羅像之母。
然而，死者的厚愛傷了我，什麼事也不會發生。
月亮將手放在我的額上，
護士一般，面無表情，沉默不語。

（1961年2月21日）

譯註：普拉絲認為生育為女性天職，不孕是貧瘠的象徵。此詩可能是針對一九六一年二月自己不幸流產有感而作。

拉撒若夫人（Lady Lazarus）

我又做了一次。
每十年當中有一年
我要安排此事——

一種活生生的奇蹟，我的皮膚
明亮如納粹的燈罩，
我的右腳

是塊紙鎮。
我的臉是平淡無奇，質地不差的
猶太麻布。

餐巾脫落
噢我的仇敵。
我害怕了嗎？——

鼻子，眼窩，整副的牙齒？
陰濕的氣息
再過一天就會消逝。

很快，很快地墳穴
吞噬的肉體將
重回我身

而我，一個面露微笑的女人。
我才三十歲。
像貓一樣可死九次。

這是第三次了。
一大堆廢物，
每十年得清除一次。

上百萬燈絲。
嗑花生米的群眾
都擠進來看

他們把我的手腳攤開——
精彩的脫衣舞表演。
各位先生，各位女士，

這是我的手，
我的膝。
我可能瘦骨嶙峋，

不過，我還是相同，完全相同的女人。
這種事第一次發生在我十歲那年。
那是意外事件。

第二次我就決意
支撐下去而不再回頭了。
我搖擺著，緊閉

如一只貝殼。
他們得一叫再叫
將蟲像黏濕的珍珠自我的身上取出。

死去
是一種藝術，和其他事情一樣。
我尤其善於此道。

我使它給人地獄一般的感受。
使它像真的一樣。
我想你可以說我是受了召喚。

在密室做這件事很容易。
做完此事若無其事也很簡單。
光天化日下

戲劇性地歸返
到同樣的地點，同樣的面孔，同樣野蠻
快意的叫喊：

「奇蹟！」
真讓我震驚。
他們標出了價格

為了目睹我的傷痕，出價
為了聽我的心跳——
的確還在跳動。

而且還出價，出很高的價格，
為了一句話或一次觸摸
或一絲血液

或一根毛髮或一片衣物。
好，好，醫生先生。
好，仇敵先生。

我是你的藝術傑作，
我是你的珍品，
純金的寶貝

熔解成一聲尖叫。
我翻滾發熱。
不要以為我低估了你的用心。

灰燼，灰燼——
你攪撥挑動。
肌肉，骨頭，那兒什麼也沒有——

一塊肥皂，
一枚結婚戒指，
一撮純金的填塞物。

上帝大人，撒旦老爺，
注意
注意了。

從灰燼中
我披著紅髮升起
像呼吸空氣般地吞噬男人。

（1962年10月23–29日）

譯註：拉撒若（Lazarus）的典故出自〈約翰福音〉第十一章。拉撒若是耶穌的好友，因病去世。在他死後第四天，耶穌來到拉撒若墓前，叫眾人把墓碑打開，大聲呼叫，拉撒若竟奇蹟式地從棺木中走了出來。在為BBC廣播節目「普拉絲新詩作」所寫的文稿中，提及此詩時，普拉絲說：「說話者是一名具有厲害又恐怖的再生天賦的女子。問題是，她得先死去才行。你可以說她是鳳凰，自由意志的靈魂；她同時也只不過是個善良、平實，足智多謀的女人。」

鬱金香（Tulips）

這些鬱金香太容易激動，這裡是冬天。
你看這一切多麼白，多麼靜，被雪層層包覆。
我獨自靜臥，領會平和的心境，
光就躺在這些白牆，這張床，這些手上。
我是無名小卒，爆炸事件與我無關。
我已將姓名與白天穿的衣服給了護士
把病歷給了麻醉師而身體給了外科醫師。

他們將我的頭安置在枕頭與床單翻邊之間，
彷彿一隻眼睛撐在無法閉合的兩層白眼皮之間。
愚蠢的瞳孔，不得不將一切盡收眼底。

護士們來來去去，並未造成任何煩擾，
她們戴著白帽穿過就像海鷗在內陸飛行，
手裡忙著工作，看起來都是一個樣，
所以數不清到底有多少個。

她們視我的身體為一塊卵石，她們看護著
像流水對待其所流經的卵石，輕柔地磨平它們。
她們晶亮的針帶給我麻痺，帶給我睡眠。
如今我已迷失自我，厭倦包袱——
我那專利皮製小旅行箱像個黑色藥盒，
我的丈夫和小孩在家庭照裡露出微笑；
他們的微笑掐住我的皮膚，帶著笑意的小鉤子。

我任由事物溜走，頑固地緊抱姓名和地址的
一艘船齡三十年的貨船。

他們已用藥水消毒過我，清除掉與愛相關的連結。
我恐懼又赤裸地躺在套著綠色塑膠枕的推車上，
看著我的茶具，裝亞麻服的櫃子，書本
沉沒消失，而後水高過我的頭頂。
我現在是個修女，從未如此純潔過。

我什麼花都不要，我只要
躺著，雙手上翻，空無一物。
多自由啊，你不會懂得有多自由——
這寧靜巨大到令你暈眩，
而它無所求，一個名牌，幾個小飾品。
那是死者終將逼近之物；我想像他們
闔嘴含著它，像含著聖餐禮的藥片。

這些鬱金香一開始就太紅，把我給弄傷了。

即便隔著包裝紙我仍聽得見它們的呼吸聲
輕輕地，穿透它們白色的襁褓，像個可怖的嬰兒。
它們的紅豔與我的傷口交談，傷口回應著。
它們難以捉摸：似乎飄浮著，卻壓得我挺不起腰，
它們突兀的舌頭和色澤令我煩亂，
一打紅色的鉛錘纏繞著我的脖子。

先前無人注視我，如今我被注視著。
鬱金香轉向我，窗戶在我的背後
一天一回，光線緩緩變寬又漸漸淡去，
我看見自己，扁平，荒誕，太陽眼
與鬱金香眼之間的一個剪影，
我沒有臉龐，總想隱藏自己。
耀眼的鬱金香吃掉了我的氧氣。

它們到來之前，空氣是夠平靜的，
吸氣呼氣，一口接一口，不急不躁。
後來鬱金香像巨大的噪音填滿了空氣。
而今空氣在它們四周擱淺迴旋，
一如河流在沉沒的鏽紅引擎四周擱淺迴旋。
它們讓我注意力集中，也就是快樂的
嬉戲與休憩，不承諾也無拘束。

四周的牆壁似乎也自行取暖。
鬱金香應該像危險動物一樣關進籠子裡；
它們開放，像非洲大貓張大了嘴，
這讓我察覺我心的存在：它缽狀的紅花
開開闔闔，純然是出於對我的愛。
我喝的水溫溫鹹鹹的，像海洋，
來自和健康一樣遙遠的國度。

（1961年3月18日）

一個祕密（A Secret）

一個祕密！一個祕密！
何其優越。
你蔚藍又巨大，一名交通警察，
舉起一隻手掌——

我們之間的差異？
我獨眼，你有兩隻。
祕密印記在你身上，
淡淡的，波狀的浮水印。

它是否會顯示於黑色的探測器？

透過伊甸園般溫室裡的非洲長頸鹿
或摩洛哥河馬，
波動地，難以磨滅地，真真切切地
顯露出來？
它們自一個僵硬的方形裝飾邊瞪視。
它們是用來外銷的，
一個是傻瓜，另一個也是傻瓜。
一個祕密！一隻多出來的琥珀色
白蘭地手指
一邊棲息一邊咕咕叫著「你啊，你」，
在只有猴子倒影的雙眼背後。
一把可拿出來

修修指甲，
摳摳泥垢的刀子。
「不會傷人的。」

一個私生嬰孩——
那藍色的大頭！
竟在辦公桌的抽屜裡呼吸。
「那是內衣嗎，寶寶？

它有鹹鱈魚的味道，你最好
將一些丁香戳入蘋果，
做一個香囊，或者
除掉這私生子。
徹底地除掉它。」

「不行，不行，它在那裡很開心。」
「但它想要出來！
你看，你看！它正想要爬行！」

我的天，阻攔的東西出現了！
協和廣場上的汽車——
當心啊！

群獸竄逃，群獸竄逃——

獸角扭旋，叢林發出喉音。
一瓶爆裂的濃烈黑啤酒，
大腿上慵懶的泡沫。
你跌跌撞撞出來，

侏儒寶寶，

背上插著刀子。
「我覺得虛弱。」
祕密已然揭露。

（1962年10月10日）

譯註：協和廣場（法文 Place de la Concorde），法國巴黎市中心塞納河右岸的一個廣場。

獄卒（The Jailor）

我夜晚的汗為他的早餐餐盤塗上油脂。
相同的藍霧布告被載運就位，
連同相同的樹木和墓碑。
他只有這麼點能耐，
讓鑰匙嘎嘎作響？

我已被下藥，強姦。
七個鐘頭將我從健全的心智
擊入一個黑麻袋，
我得以放鬆，胎兒或貓兒，
他潮濕夢境的槓桿。

有個東西不見了。
我的安眠膠囊，我紅藍相間的齊柏林飛船
將我自可怖的高度拋落。
甲殼碎裂，
我攤在群鳥的喙前。

噢，小螺絲鑽——
這紙一般的日子已然千瘡百孔！
他不斷用香菸頭燙我，
佯裝我是長了粉紅腳掌的女黑人。
我是我自己。那還不夠。

高燒滴入我髮間，凝固。
我的肋骨外顯。我吃了什麼？
謊言和微笑。

天空當然不是那種顏色，
綠草當然應該是漣漪盪漾。

一整天，我用燃盡的火柴棒黏築我的教堂，
夢裡完全想著另一個人。
而他，為此種顛覆行徑
傷害我，他
以他虛偽的甲冑，

他高傲冰冷的失憶症面具。
我是怎樣到這裡的？
判決未定的罪犯，
我的死法多樣——
吊死，餓死，燒死，以鉤拳打死。

我想像他
陽痿如遙遠的雷聲，
在其陰影中我已吃掉我的鬼魂配額。
但願他死去或遠離。
看樣子，那是不可能的。

那反倒自在。黑暗要怎麼辦
若無高燒可食？
光線要怎麼辦
若無眼睛可刺殺，他要怎麼
怎麼，怎麼辦，若是沒有我。

（1962年10月17日）

割傷（Cut）

——給蘇珊・奧尼爾・柔伊

多讓人心驚膽戰——
是我的大拇指，而不是洋蔥。
頂端幾乎不見，
只剩形同鉸鏈的

一塊皮，
帽蓋似的邊緣，
死白。
隨後是那紅色的長毛絨。

小朝聖者，
印第安人劈掉了你的頭皮。
你的火雞肉垂
地毯，自
心臟直接翻捲。
我踩在上面，
緊握我那瓶
粉紅泡沫飲料。

一場慶典，這可說是。
自一道縫隙
跑出一百萬個士兵，
個個都是紅制服的英國兵。

他們支持哪一邊？
哦，我的
小矮人，我病了。
我已服下一顆藥丸去殺死

那薄如
紙片的感覺。
破壞分子，
神風特攻隊——

沾在你
三K黨紗布
俄羅斯頭巾上的污漬
黯然失色，當你那

球狀的
心臟漿液
迎面遇上它沉默的
小磨坊之時

你跳得可真高——
動過環鋸手術的老兵，
骯髒的女孩，
大拇指殘肢。

（1962年10月24日）

譯註：蘇珊・奧尼爾・柔依（Susan O'Neill Roe）是普拉絲的保母。美國獨立戰爭時期的英國兵的制服特色是紅色外套。

榆樹（Elm）

——給如絲・芬萊特

我知道底部，她說。我用巨大的主根探知：
這正是你所畏懼的。
但我並不怕：我曾到過那裡。

你在我體內聽到的可是大海，
它的不滿？
或者是空無的聲音，那是你的瘋狂？

愛是一抹陰影。
你撒謊，哭喊，對它窮追不捨。

聽：這些是它的蹄音——它遠離了，像一匹馬。
整個晚上我將如是奔馳，狂烈地，
直到你的頭成為石塊，你的枕成一方小賽馬場，
回響，回響。

或者要我帶給你毒藥的響聲？
下雨了，這碩大的寂靜。
而這是它的果實：錫白，如砒霜。

我飽嚐落日的暴行。
焦灼直達根部
我紅色的燈絲燒斷而仍堅持著，一團鐵絲。
現在我分解成碎片，棍棒般四處飛散。

如此猛烈的狂風
絕不能忍受他人的旁觀：我得嘶喊。

月亮也同樣的無情：總是殘酷地
拖曳著我，我已不育。
她的強光刺傷我。或許是我絆住了她。

我放她走。我放她走，
萎縮而扁平，像經歷了劇烈的手術。
你的惡夢如是支配我又資助我。

哭喊在我身上定居。
每晚鼓翼而出
用它的鈎鉤，去尋找值得愛的事物。

我被這黑暗的東西嚇壞了，
它就睡在我體內。
我整天都感覺到它輕柔如羽的翻動，它的憎惡。

雲朵飄散而過。
那些是愛的面龐嗎，那些蒼白、不可復得的？
我就是因這些而亂了心緒嗎？

我無法進一步知曉。
這是什麼，這張臉
如是兇殘地扼殺枝幹？——

它蛇陰的酸液嘶嘶作響。
它麻木意志。這些是隔離，徐緩的過失
足可置人於死，死，死。

（1962年4月12-19日）

譯註：此詩最初的詩題為〈榆樹說話〉。如絲・芬萊特（Ruth Fainlight, 1931-），旅居英國的美國詩人和小說家，是普拉絲晚年的密友。她在回憶錄《十字路口》中曾提到她與普拉絲的情誼。

夜舞（The Night Dances）

一個微笑掉進草地裡。
無法挽回！

你的夜舞將如何地
忘形匿跡。化作數學？

如此純粹的跳躍和盤旋——
毫無疑問地它們永遠

悠遊於世，我將不會枯坐
而無美相伴，天賜的

你細微的呼吸，你的睡眠散發的
浸透的綠草香，百合，百合。

它們的肉不相關聯。
冷冽的自我之摺層，尖尾芋，
以及老虎，自己裝飾著自己——
斑點，開展熾熱的花瓣。

流星們
有如此好的太空可以越過，
如此的冷與遺忘。
所以你的手勢一片片落下——

溫暖而人性，它們粉紅的光接著
淌血，剝落

穿過天國黑色的失憶症。
為什麼他們給我

這些燈火，這些行星
墜落如福音，如雪片

六面體，純白
落在我的眼，我的唇，我的髮

輕觸，融化。
無處可尋。

（1962年11月4－6日）

譯註：此詩是普拉絲為兒子尼可拉斯而作。「夜舞」指的是幼兒夜間在嬰兒床上手舞足蹈。

偵探（The Detective）

她正在做什麼，當它越過七座山丘，
紅色犁溝和藍色山脈突然造訪？
她正在整理茶杯嗎？這很重要。
她正在窗前凝神傾聽嗎？
火車的呼嘯聲在山谷迴響，彷彿焦躁的靈魂。

那是死亡之谷，雖然乳牛興旺。
在她的花園裡，謊言抖出受潮的絲綢，
兇手的眼睛蛞蝓似地斜眼瞄視，
不敢正視手指，那些自我主義者。
手指把女人塞進牆壁，

把屍體塞進水管，煙霧升起。
這是歲月燃燒的味道，就在這廚房裡，
這些是欺瞞，釘在一起，像家庭照，
而這是一個男人，請看他的笑容，
致命武器嗎？沒有人喪命。

這屋裡根本沒有屍體。
有亮光劑的味道，還有長毛絨地毯。
有陽光，耍弄著它的刀刃，
百無聊賴的無賴在紅色房間，
無線電話像年老的親戚一樣自言自語。

它來如箭，還是來如刀？
是哪一種毒藥？
哪一種神經癱瘓劑，痙攣劑？是否帶電？

這是一宗沒有屍體的命案。
屍體根本就不在現場。

這是一宗蒸發的案件。
最先是嘴巴，在第二年
被呈報失蹤。它一向貪得無饜
就讓它掛在外面，像褐色水果一樣
皺縮，脫水，以示懲戒。

接著是乳房。
它們更堅硬了，兩顆白石頭。
乳汁流出，先是黃色，而後轉藍，清甜如水。
嘴唇並未失蹤，還有兩個小孩，
但他們瘦骨嶙峋，而月亮在微笑。

然後是枯木，大門，
慈母般的褐色犁溝，整座莊園。
我們飄然騰空，華生醫生。
只有月亮，以磷光防腐。
樹上只有一隻烏鴉。請記錄下來。

（1962年10月1日）

譯註：華生（John Hamish Watson）醫生是《福爾摩斯探案集》裡的虛構人物。他不僅是福爾摩斯的助手，還是福爾摩斯破案過程的記錄者，幾乎所有的福爾摩斯故事都以華生為敘述者。

精靈（Ariel）

黑暗中的壅滯。
然後是突岩和遠景
純粹、藍色的傾瀉。

神之雌獅，
我們合而為一，
腳跟和膝之樞軸！——犁溝

裂開，延伸，像極了
我無法抓牢的
棕色頸弧，

黑人眼睛般的
漿果抛出黑暗的
倒鉤——

幾口黑甜的血，
陰影。
另有他物

牽引我穿越大氣——
腿股，毛髮；
自腳跟落下的薄片。

白色的
戈蒂娃，我層層剝除——
僵死的手，僵死的嚴厲束縛，

現在我
泡沫激湧成麥，眾海閃爍。
小孩的哭聲
溶入了牆裡。
我
是一支箭，
是飛濺的露珠
自殺一般，隨著那股驅力一同
進入紅色的
眼睛，那早晨的大汽鍋。

（1962年10月27日）

譯註：Ariel 為莎士比亞《暴風雨》一劇中火與大氣之精靈。Ariel 亦為普拉絲一九六一至六二年間居於英國得文郡時每週所騎之馬名。普拉絲曾為此詩做過如下的註腳：「另一首騎在馬背上的詩。詩題『精靈』，是我特別喜愛的一匹馬的名字。」在希伯來文中，Ariel 的意思是「神的雌獅」。戈蒂娃（Godiva）原是一位英格蘭伯爵夫人。她不斷懇求丈夫減免重稅，丈夫故意刁難她，說只要她敢裸體騎馬繞行市街，他便願意減稅。為了廢止苛稅，戈蒂娃果真裸身騎著白馬穿街而過。在英國傳說裡，她是十一世紀科芬特里之守護神。休斯曾提到：在劍橋大學求學期間，有一回普拉絲與美國友人騎馬時，她的馬突然狂奔，馬蹬脫落，她懸身抓住馬頸，一路疾馳兩英里回到馬廄。

死亡公司（Death & Co）

兩個。當然是兩個。
現在看起來非常的自然——
一個嘛從來不往上看，眼睛覆以眼瞼
且成球狀突出，像是布萊克的，
展示著

他當作商標的胎記——
熱水燙傷的疤痕，
兀鷹
赤裸的銅鏽。
我是紅色的肉。他的喙

斜向一邊地拍擊：我還不屬於他呢。
他說我拍照真差
他告訴我那些嬰兒
看起來有多甜美，在他們醫院的
冰庫裡，簡單的

縐邊在頸部，
然後是他們愛奧尼亞式喪袍的
凹槽紋飾，
然後是兩隻小腳。
他不微笑也不抽菸。

另外那個就會了，
他的頭髮長而且像真的一樣。
對閃光行手淫的

雜種，
他需要有人愛他。

我無動於衷。
霜成為花，
露成為星。
死亡的鐘聲，
死亡的鐘聲。

有人完事了。

（1962年11月12-14日）

譯註：在為BBC廣播節目「普拉絲新詩作」所寫的文稿中，普拉絲說：「這首詩探索死亡的雙重（或精神分裂症的）本質——布萊克（William Blake）死亡面具（譯按：死後製成之面部蠟像）大理石般的冷酷，以及蠕蟲、水和其他分解代謝物質令人生懼的柔

軟，兩種特質密不可分。我將這兩個死亡的面向想像成兩個男人，兩個前來造訪的生意上的朋友。」據說實際的情況是：有兩位男士前來造訪，好意地以高薪邀請休斯到國外工作，普拉絲對他們心生憎惡。

東方三賢士（Magi）

抽象概念盤旋如魯鈍的天使：
最鄙俗之事莫過於一隻鼻或一隻眼
霸占著他們臉蛋空靈之處。

他們的白和洗好的衣物，雪，粉筆
這類事物毫無關係。沒錯，他們是
真實的東西：所謂「善」，所謂「真」——

像開水一樣養生純淨，
像九九乘法表一樣不帶感情。
而孩子的微笑正融入清空。

來到世上才六個月，她已能
搖搖晃晃爬行，像加了軟墊的吊床。
對她而言，「惡」這沉重的觀念

對她小床的威脅還比不上一次肚疼。
而「愛」是奶水之母，這無須理論。
他們誤判了星象，這些輕薄如紙的眾神。

他們要的是某個腦袋靈光的柏拉圖之嬰兒床。
好讓他們可用自己的強項去震撼他的心。
哪個女孩曾在這樣的圈子裡燦開舞躍？

（1960年）

譯註：〈馬太福音〉記載，耶穌降生時，幾名賢士（Magi）在東方看見伯利恆方向的天空出現一顆大星，於是便跟著它來到了耶穌基督出生的馬槽。無證據顯示有多少位賢士朝拜耶穌基督，但他們帶來黃金、乳香、沒藥。有人推測有三位到來，每人獻上一樣禮物，所以稱他們為東方三賢士，或東方三博士、東方三王或三智者。普拉絲曾為此詩做過如下的註腳：「根據定義，抽象概念是與生活背離的，在其衍生的過程中，生活中細微又具活力的複雜層面是被忽略的。在〈東方三賢士〉這首詩裡，我想像哲學家們的抽象概念圍聚在新生女嬰的床邊，而她除了生命，別無他物。」

蕾絲柏斯島（Lesbos）

廚房裡的惡毒！
馬鈴薯嘶嘶作響。
完全好萊塢風格，沒有一扇窗戶，
螢光燈時而畏縮，像嚴重的偏頭痛，
羞怯的紙為門跳脫衣舞——
舞台布幕，寡婦的捲髮。
親愛的，我是病態說謊者，
而我的孩子——你瞧她，臉朝下趴在地板上，
斷了線的小木偶，踢打著想消失——唉喲她精神分裂，
她的臉忽紅忽白，一副驚恐樣。
你將她的小貓困在你窗外

水泥井之類的地方，
它們在裡面又拉又吐又哭，但是她聽不到。
你說受不了她，
那雜種是個女孩。
你像一台破收音機，燒壞了真空管，
聽不見人聲和歷史，新事物
靜電一般的噪音。
你說我該溺斃小貓。它們太難聞了！
你說我該溺斃我女兒。
如果她兩歲發瘋，十歲就會割喉。
那嬰孩，胖蝸牛，自
橙色油氈製的晶亮菱形窗微笑。
你可以吃他。他是個男孩。
你說你丈夫對你簡直一無是處，
他的猶太媽媽守護珍珠般地守護著他甜美的性。

你有一個嬰兒，我有兩個。
我應該坐在康瓦爾外的岩石上梳頭髮。
我應該穿虎紋褲，應該搞一次外遇。
我們真該在來生相遇，應該在空中邂逅，
我和你。

同一時間傳來油脂與嬰兒大便的臭味。
上一顆安眠藥讓我麻木而遲鈍。
燒菜的油煙，地獄的煙霧
讓我們的頭飄浮，兩個心懷恨意的死對頭，
我們的骨頭，我們的頭髮。
我稱你為孤兒，孤兒。你病了。
太陽給了你潰瘍，風給了你肺結核，
你也曾美麗過。
在紐約，在好萊塢，男人說：「結束了？

哇，寶貝，你是稀世珍品。」
你假裝，假裝，假裝，為了刺激感。
陽痿的丈夫坍垮，出去喝杯咖啡。
我試圖挽留他，
一根舊避雷針，
你從天而降的一盆盆酸洗澡水。
他步伐沉重地走下鋪有塑膠圓石的山丘，
遭鞭笞的手推車。閃光是藍色的。
藍色閃光噴濺，
石英一般迸裂成百萬顆小碎粒。

噢珠寶。噢珍貴之物。
那一夜月亮
拖著它的血袋，港
口

燈火上方的病獸。
然後回復正常，
堅硬，抽離，白皙。
沙灘上的魚鱗光澤嚇死我了。
我們一把把地不停撿拾，疼愛它，
像麵糰一樣揉搓它，混血兒的身體，
絲綢發出摩擦聲。
一條狗叼起你礙事的丈夫。他們繼續前行。

此刻我默不作聲，仇恨
高漲至頸間，
濃濃的，稠稠的。
我不說話。
我正在打包堅硬的馬鈴薯，像打包上好的衣裳，
我正在打包嬰兒，

我正在打包病貓。
噢，酸性的花瓶，
你充滿的是愛。你知道你恨誰。
他在面海的大門邊緊抱他的
球和鎖鏈，
海水長驅直入，黑白相間，
隨後又噴吐回去。
像注滿水壺般，你日日以靈魂原質注滿他。
你好疲憊。
你的聲音是我的耳環，
邊拍翅邊吮吸，嗜血的蝙蝠。
就是這樣，就是這樣。
你自門後偷窺，
憂傷的母夜叉。「每個女人都是妓女。
我無法交往。」

我看到你的可愛飾物
緊貼著你，像嬰兒的小拳頭
或者像一隻海葵，那個海洋
甜心，那個竊盜癖患者。
我依然生澀。
我說我可能會回來。
你知道謊言的功用為何。

即使在你的禪天堂我們也不會相遇。

（1962年10月18日）

譯註：蕾絲伯斯島（Lesbos）位於愛琴海東北部，為希臘第三大島嶼。該島因古希臘女詩人莎弗（Sappho，約 610-580 B.C.）而聞名於世。據說莎弗周邊圍聚著一群來自各地崇拜她的少女，莎弗教她們詩和音樂，身體上也極親近，Lesbian（女同性戀者）一詞即由此而來。康瓦爾（Cornwall），英國西南端的一個郡，以風光明媚著稱。

另一個人（The Other）

你回來晚了，擦拭著嘴唇。
我留置於門階上的東西有什麼還原封不動——

白色的勝利女神，
從我牆間流出？

帶著笑意，藍色閃電
承擔起他各部位的重負，像掛肉的鉤子。

警察喜愛你，你招供了一切。
閃亮的頭髮，鞋子的黑，舊塑膠，

我的生活如此引人好奇嗎？
你是為此弄寬眼圈的嗎？

大氣微塵是因為這樣而離散嗎？
它們不是大氣微塵，是血球微粒。

把手提袋打開。那惡臭打哪來？
是你的編織物，忙亂地

彼此鈎纏，
是你黏答答的糖果。

我把你的頭放在我牆上。
臍帶，藍紅相間，閃閃發光，

尖叫聲箭一般自我腹部傳來，我騎上它們。
噢熾熱的月光，噢病者，

失竊的馬匹，姦情
環繞著大理石子宮。

你要去哪裡呀，
累積里程數般吸食著空氣？

硫磺味的通姦行徑在夢中悲傷。
冰冷的玻璃，你竟然將你自己

嵌入我自己和我自己之間。
我像貓一樣抓刮著。

流動的血是黑暗的果實——
一種效果，一種化妝品。
你微笑。
不，不會置人於死。

（1962年7月2日）

戛然而逝（Stopped Dead）

刺耳的煞車聲。
抑或是初生的啼聲？
我們在此，懸空於生命情報交換點的上方
叔叔，褲子工廠的胖子，百萬富翁。
而你暈厥於我身旁的座椅上。

車輪，兩名橡膠苦力，咬著它們甜甜的尾巴。
底下是西班牙嗎？
紅與黃，兩塊激情的滾燙金屬
邊扭動邊歎息，這是哪門子風景？
不是英格蘭，不是法蘭西，不是愛爾蘭。

狂暴的風景。我們到此一遊，
有個天殺的嬰孩卻在某處尖叫。
一個血淋淋的嬰兒老是掛在空中。
姑且稱之為落日，但
有誰聽過落日哭嚎成那個樣子？

你被擊沉於你的七個下顎裡，靜止如火腿。
你以為我是誰，
叔叔，叔叔？
悲傷的哈姆雷特，帶了把刀子？
你把你的生命貯藏在哪裡？

這是一便士，一顆珍珠嗎——
你的靈魂，你的靈魂？
我要像個漂亮的富家女般將它帶走，

只要打開門，走下車，
定居直布羅陀，以空氣，空氣為生。

（1962年10月19日）

譯註：此詩影射休斯叔叔的一場車禍。

十月的罌粟花（Poppies in October）

——給海德和蘇澤特・馬賽多

即便今晨的太陽雲也做不出這樣的花裙。
救護車裡的那個女人也沒辦法，
她的紅色心臟穿透外套開出花朵，多令人驚異——

一件禮物，一件愛的禮物：
蒼白地，如火焰般
點燃一氧化碳的

天空
根本不曾開口要；禮帽下

晦暗呆滯的眼睛也不曾。

哦，天啊，我算什麼
這些遲到的嘴巴竟然張口叫喊，
在結霜的森林，在矢車菊的黎明！

（1962年10月27日）

譯註：此詩寫於普拉絲三十歲生日當天。海德和蘇澤特．馬賽多（Helder and Suzette Macedo）夫婦是葡萄牙作家和翻譯家，在旅居英國時期和普拉絲夫婦成為好友。

閉嘴的勇氣（The Courage of Shutting-Up）

大砲當前，禁閉的嘴依然有的勇氣！
粉紅安靜的線條，一條蟲，曬著太陽。
它後面有些黑色圓盤，憤慨的圓盤，
和天空的憤慨，它皺紋滿佈的腦袋。
圓盤轉動，要求聲音被聽見，

對私生行徑不滿，不吐不快。
私生，利用，離棄和表裡不一，
細針沿著紋軌遊走，
兩座陰暗峽谷間的銀獸，
一名出色的外科醫生，而今是紋身師，

一遍遍將相同的藍色委屈，
這些蛇，孩童，乳頭，
紋在美人魚以及有兩條腿的夢中女郎身上。
外科醫生靜默，不發一語。
他已見過太多死亡，雙手滿是死亡。

於是大腦的圓盤旋轉，彷彿加農炮的砲口。
接著是那把古董鉤鐮，舌頭，
不知疲倦，已呈紫色。必須把它割掉嗎？
它有九根尾巴，具危險性。
還有它一旦開始行動自空氣所掠奪的噪音。

不，舌頭也已經被擱置
和仰光的版畫，以及狐狸頭，水獺頭，
死兔頭，一同高掛於圖書館。

那是神奇之物——
在全盛期戳穿過好些事情！

但是對這雙眼睛，眼睛，眼睛要怎麼辦？
鏡子會殺人，會交談，是恐怖的房間，
折磨在其中不斷發生，而你只能注視。
住在這鏡子裡的臉孔是一張已故男人的臉孔。
不要擔心這雙眼睛——

它們也許白皙害羞，它們可不是線民，
它們的死亡光芒被摺疊，有如
某個被遺忘之國的旗幟，
一個在群山間宣告破產的
頑強獨立國。

譯註：「粉紅安靜的線條，一條蟲」，是嘴巴的暗喻。

（1962年10月2日）

尼克與燭台（Nick and the Candlestick）

我是礦工。藍光閃耀。
蠟狀的鐘乳石
滴落，越積越厚，自泥土

子宮死寂的枯燥中
滲出的眼淚。
黑蝙蝠的氛圍

籠罩著我，破爛的披肩，
冷血的謀殺。
它們像李子般黏附著我。

鈣化冰柱形成的
古老洞穴，古老的回聲筒。
連蠑螈都是白的，

那些牧師。
還有那魚，那魚——
基督啊！它們是結冰的窗玻璃，

一樁刀子的惡行，
一種食人魚的
教派，從我活生生的腳趾

啜飲它首次的聖餐。
蠟燭
哽住了，又回到它低矮的高度，

它的鵝黃讓人振作。
噢親愛的，你是如何抵達這裡的？
噢，胎兒

甚至在睡夢中，都還記得
你交叉的姿勢。
血在你體內

綻放潔淨之花，紅寶石。
你醒後面對的
痛苦與你無涉。

親愛的，親愛的，
我已在我們的洞穴掛滿玫瑰，
還有柔軟的毯子——

維多利亞時代末期的物品。
讓群星
鉛錘般落向它們黑暗的地址，

讓那些殘疾的
水銀原子滴
進可怕的井底，

你是唯一
可讓空間欽羨而倚靠的實體。
你是馬棚裡的嬰孩。

（1962年10月24日）

譯註：尼克是普拉絲對兒子尼可拉斯（Nicholas）的暱稱。在為BBC廣播節目「普拉絲新詩作」所寫的文稿中，普拉絲說：「在這首詩裡，一位母親在燭火旁照顧她的嬰孩，她在他的身上找到一種美，那或許無法隔絕俗世之煩憂，對她卻具有救贖的能量。」

伯克海濱（Berck-Plage）

1

那麼，這就是海了，這巨大的擱置。
太陽的熱敷膏讓我的發炎加劇！

色澤動人的冰凍果子露，被蒼白的女孩
自結冰狀態舀出，在灼傷的手中穿遊於空氣。

為何如此安靜，她們隱藏著什麼？
我有兩隻腿，我微笑地走動。

沙質的制音器終結了震動；

它綿延數哩，萎縮的聲音
成波狀起伏，無一物支撐，只有原先一半的大小。
眼睛的線條，被這些光禿的表面燙傷，
像固定好的橡皮帶，彈回原處，打傷主人。
他戴上墨鏡，讓人覺得奇怪嗎？
他愛好黑長袍，讓人覺得奇怪嗎？
現在他來了，躋身以背排成人牆
擋開他的鯖魚收購者當中。
他們搬動黑綠相間的菱形物，彷彿挪移身體的部位。
大海，將這些化為晶體，

悄悄離去，像許多條蛇，發出長長的悲鳴聲。

2

這隻黑靴對誰都無慈悲之心。
它無此必要，它是靈車，載著一隻死掉的腳，

神父高聳、僵死、無趾的腳，
他探測書本水井的深度，

彎曲的字體像風景一樣在他眼前隆起。
猥褻的比基尼躲在沙丘裡，

乳房和屁股是甜食店裡
小小的結晶糖塊，搔得光線癢呵呵的，

一座綠色的池子睜開眼睛，
剛才吞下的東西讓它作嘔——
肢體，影像，尖叫。在混凝土碉堡的後面
兩個戀人分開緊貼的身體。

噢，白色的海洋陶器，
盛在杯裡的歎息，哽在喉間的鹽分！

旁觀者，在顫抖，
像一條長長的織物，被拖曳著
穿過靜止的劇毒，
和一株毛茸茸如下體的野草。

3

旅館的陽台上，有東西在閃耀。
有東西，有東西——

鋼管輪椅，鋁製拐杖。
此等鹹鹹的甜味。我為何要走到

點綴著藤壺的防波堤的另一邊？
我不是護士，既不淨白也不懂照料，

我不是微笑。
這些孩子在追逐某樣東西，拿著鉤子叫喊，

而我的心太小，無法包紮他們嚴重的過失。
這是一個男人的腹側：他紅色的肋骨，

迸裂如樹的神經，而這位是外科醫生：
一隻如鏡之眼——
知識的一個面向。
在某個房間的條紋床墊上，
一個老人正逐漸消逝。
哭泣的妻子也幫不上忙。
那兒有眼睛之石，黃橙又珍貴，
以及舌頭，灰燼的藍寶石。

4

一張結婚蛋糕的臉，以紙摺飾為襯底。

現在他多麼超凡優越。
好似聖人附體。
戴上翼帽的護士不再那麼漂亮了；
她們逐漸枯黃，像被碰觸過的梔子花。
床已自牆邊收捲妥當。

這就是所謂的完整。真恐怖。
在緊貼著的床單底下，
他上了粉的鷹勾鼻如此亮白無傷地挺立，
他究竟穿著睡衣還是晚禮服？
他們用一本書撐住他的下顎，直到它僵硬，

並且將他雙手交叉，它們揮擺著：別了，別了。
現在，洗好的床單在陽光下飄舞，
枕頭套的香味變得濃郁。

這是一份祝福，一份祝福：
皂色橡木製成的長棺，

好奇的抬棺人，以及出奇鎮定地
以銀色字體銘刻自己的新鮮日期。

5

陰灰的天空低垂，山丘彷如一片碧海
層層堆疊地向遠處起伏，藏匿著它們的山谷，妻子的思緒在谷中搖晃——
鈍拙，實用的船隻，
滿載衣服和帽子和瓷器和已出嫁的女兒。
石屋的客廳裡，
一道簾子自開啟的窗子閃現光芒，
時而閃爍，時而傾瀉，一支可憐的蠟燭。
這是死者的舌頭：切記，切記。
而今他已離得好遠，與他相關的
一舉一動，像起居室的家具，像室內裝潢。
在蒼白聚集之際——

手的蒼白，親切如鄰居面孔的蒼白，
隨風飄蕩之鳶尾花意氣風發的蒼白。

它們飛走了，飛入虛無：要記得我們。
空蕩蕩的記憶之長凳俯瞰碑石，

有藍色紋理的大理石表面，和好幾個果凍杯的水仙。
這上面好美：是個可歇腳的地方。

6

這些菩提樹葉胖得好不自然！——
被修剪成一顆顆綠球，樹木朝教堂挺進。

牧師的聲音，於稀薄空氣中，

在大門口迎接遺體，
跟它說話，而群山滾動喪鐘的音符；
麥子和未開墾大地的閃耀。

那顏色可有名字？——
凝結之牆的舊血漬由太陽來癒合，
殘肢與燒傷之心的舊血漬。
帶著黑色袖珍書和三個女兒的那名寡婦，
置身花間有其必要，
將臉緊裹如精紡之亞麻，
不讓它再次舒展。

而天空，因貯藏的笑容而蠕動，
遞出一朵又一朵的雲彩。
新娘花已了無生氣，

而靈魂是新娘
在幽靜的地方，新郎則鮮紅健忘，平淡無奇。

7

在這輛車的玻璃後面，
世界低語，隔絕而輕柔。

身為聚會的成員，我穿著黑衣靜默不語，
以低檔跟在靈車之後滑行前進。

牧師是一艘船，
一塊塗上瀝青的布，難過且呆滯，

追隨花車上的棺柩，彷彿一個漂亮女子，
乳房，眼瞼與嘴唇構成的浪峰，

朝山頂猛攻。
然後，從有柵欄的庭院，孩子們

聞到黑鞋油熔化的味道，
他們轉過臉去，無言且遲緩，

眼睛睜大，盯著
一件奇妙的東西——

草地裡六頂黑色圓帽和一塊菱形木頭，
以及一張無遮掩的嘴，鮮紅而笨拙。

片刻之久，天空如血漿般注入洞裡。
沒有希望，已然被放棄。

（1962年6月28–30日）

譯註：此詩第七部分提到的「花車」是舊式葬禮的手推車，載著堆放了花圈花環的棺柩繞行市鎮。「鮮紅而笨拙」的嘴指的是墓園的紅色泥土。一九七〇年，泰德·休斯曾為此詩作如下的註腳：「一九六一年六月，我們曾到伯克海濱（Berck-Plage）一遊，那是盧昂北部法國海岸的一個海灘和度假勝地。海濱對面有一所醫院或殘障復健之家。一年後——幾乎在同一天——我們的隔壁鄰居，一位老先生（Percy Key）在經歷短暫的重病折磨後過世。在他罹病期間，他的妻子不斷地向我們求助。在這首詩裡，普拉絲將那趟海濱之行與老人之死和葬禮加以結合。」詩中提到的葬禮即是Percy Key的葬禮。

格列佛（Gulliver）

雲在你的身體上方行走，
高遠，高遠且冰冷
還略微扁平，好像

飄浮於隱形的玻璃上。
不像天鵝，
它們沒有倒影；

不像你，
它們沒有細繩縛綁。
全然冷靜，全然蔚藍。不像你——

你，仰臥在那兒，
兩眼望著天空。
蜘蛛人逮住了你，

交織纏繞著他們的小腳鐐，
他們的賄賂——
如此眾多的綢衣。

他們多麼恨你。
在你手指的山谷間交談，他們是尺蠖。
他們要你睡在他們的櫃子裡，

這隻腳趾和那隻腳趾，一種遺跡。
走開！
退到七里格外，像旋轉於克瑞・委利畫裡的

遠方景物，遙不可及。
讓這隻眼成為獵鷹，
讓他嘴唇的陰影成為深淵。

（1962年11月3-6日）

譯註：里格（league）是長度單位，一里格相當於三英里，約四十八公里。克瑞．委利（Carlo Crivelli, 1435-1495）是文藝復興時期的義大利畫家。

到彼方（Getting There）

有多遠？
現在還有多遠？
車輪的巨大猩猩內部
轉動著，令我毛骨悚然——
軍火製造商克魯伯的
可怖頭腦，黑色槍口
旋轉，聲音
打卡鐘似地記錄缺席！宛如大砲。
我必須橫跨的是俄國，在某一場戰役。
我拖著身子
安靜地穿過這一整列貨車廂的稻草。

現在是行賄的時機。
車輪吃些什麼，這些固著於
被奉若神明之圓弧的車輪，
意志的銀色頸鏈——
無可變動。以及其驕傲！
諸神只知道終點所在。
我是這投遞孔裡的一封信——
飛向一個名字，兩隻眼睛。
那裡會有火嗎？會有麵包嗎？
這裡泥濘不堪。
這是火車停靠站，護士們
接取水龍頭之水，它的面紗、女修道院的面紗，
撫觸著她們的傷患，
那些男人那鮮血泵湧而出，
腿，手臂被堆放在

無盡哀號的帳篷之外——
一間玩偶醫院。
而男人，男人還剩下什麼，
被這些活塞，被血
向前推進到下一哩路，
下一小時——
斷箭的朝代！

有多遠？
我雙腳沾有泥巴，
沉重，紅色，滑溜。那是亞當之肋，
我自這泥土起身，痛苦至極。
我無法自我抹消，火車正在行駛。
冒著蒸氣，喘著氣，它的牙齒
隨時都會滾動，如惡魔之牙。

在其盡頭有一分鐘的時間，
一分鐘，一滴露珠。
有多遠？
我將抵達之地
是如此渺小，為何還有這些障礙——
這女人的屍體，
燒焦的裙子和死亡面具，
宗教人士、戴花環的孩童前來致哀。
而現在，爆炸聲——
雷鳴與槍響。
烈火在我們之間。
是否無一靜止之處
能在半空中旋轉又旋轉，
無人觸及也無法觸及。
火車拖曳著自己，尖叫——

一頭獸
瘋狂地奔往那目的地，
那血漬，
那火光盡頭的臉孔。
我將把傷者如蟲蛹般埋葬，
我將清點並埋葬死者。
讓他們的靈魂在露珠裡扭動，
在我的軌轍裡焚香。
車廂晃動，它們是搖籃。
而我，步出這層裹著
舊繃帶，舊煩厭與舊臉孔的皮膚，
步出忘川的黑色車廂，走向你，
純潔如嬰兒。

譯註：克魯伯（Krupp），德國鋼鐵和軍火製造商家族。

（1962年11月3–6日）

梅杜莎（Medusa）

在那石頭口塞形成的沙咀地形外圍，
眼睛被白色棍棒滾過，
耳朵聚納大海的語無倫次，
你收藏你那令人膽怯的頭——上帝之球，
慈悲的晶體。

你的傀儡們
不斷地將他們狂野的細胞注入我龍骨脊的陰影，
推湧而過，有如心臟，
最核心的紅色斑點，
騎乘激浪到最近的啟航點，

拖垂著她們的耶穌之髮。
我逃脫了嗎?我不確定。
我的心思朝你蜿蜒而去,
你是糾葛如藤壺的老臍帶,大西洋電纜,
似乎讓自己維持在一種神奇修復的狀態。

不管怎樣,你始終在那裡,
我電話線另一頭顫抖的呼吸聲,
水的弧線跳升
至我的水位測桿,令人目眩又心懷感激,
撫摸,吮吸。

我並未呼叫你。
根本未曾呼叫你。
儘管如此,儘管如此,

你還是跨海向我駛來，
肥厚又鮮紅，令活蹦亂踢的
戀人們癱瘓的一只胎盤。

眼鏡蛇的光
將氣息壓擠出晚櫻科植物的
血色鐘形花。我吸不到任何空氣，
身亡，一文不名，

過度暴露，像X光。
你以為你是誰？
聖餐餅？哭腫的瑪麗亞？
我絕不會咬食你的身體，
我居住的瓶子，

令人毛骨悚然的梵蒂岡。
那滾燙之鹽令我厭惡至極。
你的祝福，慘綠如太監，
對我的罪孽發出嘶聲。
滾開，滾開，滑溜如鰻的觸鬚！
我們之間毫無瓜葛。

（1962年10月28日）

譯註：梅杜莎（Medusa，又譯美杜莎）是希臘神話中福爾庫斯和海妖刻托所生之戈爾貢（Gorgon）三女妖之一。根據詩人奧維德的《變形記》所述，她原是美麗的少女，因私會海神波塞頓（也有版本稱因梅杜莎自恃長得美麗，不自量力地和智慧女神雅典娜比美），雅典娜一怒之下，將梅杜莎的頭髮變成糾結的毒蛇，讓她成了面目醜陋的怪物，並且對她施以詛咒：任何直視她雙眼的人都會變成石像。

深閨之簾（Purdah）

玉——
腹側之石，
青嫩亞當

劇痛之腹側，我
微笑，蹺著腿，
謎樣的，

變動我的清澈。
如此珍貴。
太陽將這肩膀擦得透亮！

而一旦
月亮，我這位
孜孜不倦的表姊妹

升起，帶著癌般的蒼白，
拖曳著樹木——
叢生的小息肉，

小網子，
我的能見度便躲藏起來。
我像鏡子一般發出幽微之光。

新郎抵達這一面，
眾鏡之主宰。
他自己引導自己

進入這些絲質的
簾幕，這些沙沙作響的附屬品。
我呼吸，嘴上的

紗罩掀動它的簾子。
我遮眼的
紗罩是

環環相連的彩虹。
我屬於他。
即便他

不在，我
依然在我那充斥不可能的
劍鞘裡自轉，

在這些長尾小鸚鵡，金剛鸚鵡之間
我無價且無言。
喋喋不休者啊，

睫毛的侍從！
我將釋出
一根羽毛，像孔雀一般。

唇之侍從！
我將釋出
一個音符

粉碎
空氣的枝形吊燈——
它成天不停地逗弄

它的水晶，
一百萬個無知者。
侍從們！

侍從們！
針對他的下一步，
我將釋出

我將釋出——
從那個被他當成一顆心守護的
佩戴首飾的小玩偶裡——

那頭母獅，
浴缸中的尖叫，
滿是破洞的斗篷。

（1962年10月28日）

譯註：Purdah是印度和伊斯蘭教地區為使婦女不讓男人或陌生人看見而用的閨房簾幕，或婦女頭部和頸部的遮蓋物；亦解作深閨制度。

月亮與紫杉（The Moon and the Yew Tree）

這是心靈之光，冷冽，如行星般飄忽。
心靈之樹是黑的。光是藍的。
綠草在我的雙足卸下憂傷，彷彿我是上帝，
刺痛了我的足踝，輕訴它們的卑微。
迷離醉人的霧靄籠罩和我的屋子
僅一排墓石之隔的這個地方。
我完全看不到眼前的去向。

月亮不是一扇門。它自身即是一張臉，
白如指關節，且極度不安。
它拖曳大海，像拖著一樁邪惡罪行；它不作聲，徹底絕望地張大了嘴。我住在這裡。
禮拜天的兩次鐘聲驚撼了天空——
八根大舌證實了耶穌復活。
最後，它們清醒地敲響自己的名字。

紫杉朝向天空，有哥特式建築的風格。
眼睛順著它向上望，就可發現月亮。
月亮是我的母親。她不像瑪麗亞那般可親。
她的藍色衣裳釋出一隻隻小蝙蝠和小貓頭鷹。
我多麼願意相信溫柔的存在——
那張肖像的臉，在燭光下顯得柔美，
垂下溫柔的眼睛，特別望著我。

我已墜落得很深了。雲朵正綻放，
青藍又神祕，在群星的臉龐上方。

教堂裡，聖人們都將變藍，
以纖弱的雙腳漂浮於冰冷的長椅之上，
他們的手與臉因神聖而僵硬。
這一切，月亮全都沒看見。她光禿又帶野性。
紫杉的訊息則是黑——黑，以及沉默。

（1961年10月22日）

譯註：普拉絲得文郡的住屋西邊有座墓園，園裡種有一株紫杉，普拉絲站在臥房窗口即可看見此樹。某日黎明滿月時分，普拉絲在休斯的建議下以此為題材寫下這首詩。普拉絲曾為此詩做過如下的註腳：「我不喜歡思索我自己不曾寫入詩作中的所有事物——熟悉、有用和有價值的事物。那棵樹以驚人的自我中心意識掌控了全局。它不是小鎮上某個女人住家路上的教堂邊的一株紫杉，不像可能出現在小說中的那種描述。噢，不是那樣。它屹立在我的詩作中央，熟練地操縱著它的黑影，墓園的聲音，雲朵，飛鳥，我凝視它時心中淡淡的憂鬱——所有一切！我鎮壓不了它。最後，我的詩成了一首關於紫杉的詩。這棵紫杉過於驕傲，不會只是一篇小說裡偶然出現的黑色標記。」

生日禮物（A Birthday Present）

這是什麼，在這面紗底下，它是醜，是美？
它閃閃發光，它有乳房嗎？有刀刃嗎？

我確信它獨一無二，我確信它正是我冀盼之物。
當我安靜地做飯時，我覺得它在看，覺得它在想

「這是我現身的理由，
這是被選中者，有黑眼眶和一道疤的那個嗎？

量取麵粉，去掉多餘部分，
堅守規則，規則，規則。

這是為了天使報喜而存在嗎？
神啊，真好笑！」

但它閃爍光芒，未曾停歇，我想它想要我。
無論它是骨頭，或一粒珍珠鈕扣，我都不會介意。

反正，今年我並不奢望什麼禮物。
畢竟，我活著純屬偶然。

那一回我原本可以任何方式開心地自殺。
現在有這些面紗，帷幕般閃閃發光，

一月窗的透明緞子，
白如嬰兒寢具，閃光中帶著死亡氣息。噢，象牙！

那一定是一根長獠牙，一個幽靈圓柱。
你難道看不出來我不在乎它是什麼，
你不可以給我那東西嗎？
別難為情——我不介意它體型小。
別小氣，我已為龐然大物做好準備。
那我們朝它而坐，各據一方，欣賞那微光，
那光滑的表層，那如鏡的變化。
讓我們在其上吃最後的晚餐，當它是醫院的盤子。
我知道你為何不把它送給我，
你非常害怕

世界會尖叫一聲上升，你的頭也隨之而去，
浮雕的，銅製的，一面年代久遠的盾牌，
讓你的曾孫們讚歎之珍品。
別怕，並非如此。

我只會收下它，靜靜走到一旁。
你甚至不會聽到我打開它，不會有紙張碎裂聲，
不會有垂落的緞帶，不會有最後那聲驚叫。
我想你不會嘉許我如此審慎。
多希望你知道那些面紗是如何毀掉我的日子。
對你而言，它們只是些透明物，清澈的空氣。

但是神啊，這些雲朵有如棉花——
成群結隊。它們是一氧化碳。

香甜地，香甜地我吸入，
填滿我的血管，以隱形之物，以那百萬顆

讓歲月滴答而逝的可能微粒。
你為這盛典穿上銀色套裝。噢，計算器——

你不可能就此罷休，徹底放手嗎？
你非得將每一張都蓋上紫色戳記嗎？
你非得盡你所能趕盡殺絕嗎？
這裡有我今天想要的東西，唯獨你能給我。

它就立在我窗口，廣大如天空。
它從我的床單呼吸，寒冷、死寂的中心，

撕裂的生活在那兒凝結、僵化成為歷史。
別以手指交給手指的郵寄方式送來。

別以口傳的方式送來，等它全數送達時，
我該已六十歲，知覺麻木無法用它了。

就揭下那層面紗，面紗，面紗吧。
倘若是死亡，

我會讚賞其深沉的莊嚴，永恆的眼睛。
我會知道你是認真的。

到時就會出現一種高貴，就會有一次生日。
刀子就不會是用來切開肉的，而是參與，

純淨如嬰兒的啼聲，
而宇宙自我身旁悄悄溜走。

（1962年9月30日）

瑪麗之歌（Mary's Song）*

禮拜日烤羔羊的油脂劈啪爆響。
油脂
獻祭出它的乳濁……

一扇窗子，聖潔之金色。
火使它變得珍貴，
同樣的火

熔化了多油脂的異教徒，
驅離了猶太人。
他們厚厚的棺罩漂浮

於波蘭與被燒燬的德國的
瘢痕之上。
他們並未死去。

灰色鳥群縈繞我心，
嘴之灰燼，眼之灰燼。
它們各安其位。在高高的

斷崖上，
將一個人倒入太空的斷崖上，
火爐灼燒，宛如天堂，熾熱輝煌。

它是一顆心，
我走進這場大屠殺中，
噢，這世界將殺而食之的金色小孩。

（1962年11月19日）

十一月的信（Letter in November）

親愛的，這世界
突然改變，改變了顏色。街燈
穿透鼠尾似的金蓮花豆莢
亮光迸射，在早晨九點的時候。
這裡是北極圈，

這小而黑的
極圈，長著絲狀的黃褐細草——嬰兒的毛髮。
空氣中有一股綠意。
輕柔，愜意。
軟墊般慈愛地呵護著我。

我滿臉通紅渾身溫暖。
我以為自己巨大無比，
如此傻傻地樂著。
我的威靈頓長統靴
一趟又一趟踩遍這美麗的紅。

這是我的財產。
一天兩次
我踱步其上，嗅聞
有著鉻綠扇貝氣味的原始
冬青，純淨的鐵，
以及陳年屍骨堆砌成的牆。
我愛它們。
我愛它們，就像愛歷史一般。

這些蘋果是金黃的，
試想——

我的七十棵樹，
在灰色的死亡濃湯中
撐舉著赤金色的果球，
它們數百萬片
金黃的樹葉，金屬般，無聲無息。

噢親愛的，噢獨身者。
除了我，沒有人
會在這及腰的濕意中漫步。
這些無可取代的
金色流著血，色澤漸深，溫泉關之口。

（1962年11月11日）

譯註：溫泉關（Thermopylae）是希臘境內的渡河關口，一邊是大海，另外一邊是陡峭的山壁，地勢險要。該地附近有熱湧泉，因而得名。Thermopylae 意為「熱的入口」，「熾熱的門」。

失憶症患者（Amnesia）

沒有用，沒有用的，現在乞求認可。
對如此美麗的空白，除了撫平它，別無他途。
姓名，房子，汽車鑰匙，

那嬌小的玩具老婆，
被擦拭掉，嘆息，嘆息。
四個嬰兒和一隻長耳獵犬。

小如蟲的護士和一名袖珍醫生
幫他蓋好棉被。
陳年往事

自他的皮膚剝落。
連同相關的一切都沖進排水管！
他抱著枕頭

彷彿抱著他始終不敢碰觸的紅髮姊姊，
夢想能有個新的——
不孕，全都不孕。

夢想能有另外的顏色。
他們四處旅行，旅行，旅行啊，風景
在他們姊弟背後綻放火光，

一條彗星尾巴。
而金錢即是這一切的精液。
一名護士端來

一杯綠色飲料，另一名端來藍色的。
它們星星般在他兩側升起。
這兩份飲料冒出火焰，泛起泡沫。

哦，姊姊，母親，妻子，
甜美的忘川是我的生命。
我永遠、永遠、永遠也不會回家！

（1962年10月21日）

對手（The Rival）

如果月亮微笑，她會跟你很像。
你給人的印象和月亮一樣，
美麗，但具毀滅性。
你倆都是出色的借光者。
她的O形嘴為世界哀傷，你的卻不為所動，

你最大的天賦是點萬物成石。
我醒來身在陵墓；你在這裡，
手指輕叩大理石桌，想找香菸，
惡毒如女人，只是沒那麼神經質，
死命地想說些讓人無言以對的話。

月亮也貶抑她的子民，
但白天時她卻荒誕可笑。
而另一方面，你的怨懟
總經由諸多郵件深情地定期送達，
白色，空茫，擴散如一氧化碳。
沒有一天可以不受你的消息干擾，
你或許人在非洲漫遊，心卻想著我。

（1961年7月）

爹地（Daddy）

你再也不能，再也不能
這樣做，黑色的鞋子，
我像隻腳在其中生活了
三十個年頭，可憐且蒼白，
僅敢呼吸或打噴嚏。

爹地，我早該殺了你。
我還沒來得及你卻死了——
大理石般沉重，一只充滿神祇的袋子，
慘白的雕像：一根灰色腳趾
大如舊金山的海狗，

一顆頭顱沉浮於怪異的大西洋，
把豆綠色傾注在藍色之上，
美麗的瑙塞特海灘外的水域。
我曾祈求能尋回你。

啊，你。

操德國口音，在被戰爭，
戰爭，戰爭的壓路機
輾壓磨平的波蘭市鎮。
但是這市鎮的名稱是很尋常的。
我的波蘭朋友

說起碼有一兩打之多。
所以我從未能弄清楚
你去過哪裡，根在哪裡，

從來無法和你交談。
舌頭在下顎膠著。

膠著於鐵蒺藜的陷阱裡。
我，我，我，我。
我幾乎說不出話來
我以為每個德國人都是你。
而淫穢的語言

一具引擎，一具引擎
當我是猶太人般嚓嘎地斥退我。
一個被送往達浩，奧胥維茲，巴森的猶太人。
我開始像猶太人那樣說話。
我想我有足夠的理由成為猶太人。

提洛爾的雪，維也納的清啤酒
並非十分純正。
以我的吉卜賽血緣和詭異的運道
加上我的塔羅牌，我的塔羅牌
我或許真有幾分像猶太人。

我始終畏懼你，
你的德國空軍，你的德國腔調。
你整齊的短髭，
和你印歐語族的眼睛，明澈的藍。
裝甲隊員，裝甲隊員，啊你——

不是上帝，只是個卐字
如此黝黑，就是天空也無法穿過。
每一個女人都崇拜法西斯主義者，

長靴踩在臉上，畜生
如你，獸性獸性的心。

你站在黑板旁邊，爹地，
我有這麼一張你的照片，
一道裂痕深深刻入顎部而不在腳上
但還是同樣的魔鬼，一點也不
遜於那曾把我美好赤紅的心

咬成兩半的黑人。
你下葬那年我十歲。
二十歲時我就試圖自殺，
想回到，回到，回到你的身邊。
我想即便是一堆屍骨也行。

但是他們把我拖離此一劫數，
還用膠水將我黏合。
之後我知道該怎麼做。
我塑造了一尊你的偶像，
一個帶著《我的奮鬥》眼神的黑衣人

以及一個拷問台和拇指夾的愛好者。
我說我願意，我願意。
所以爹地，我終於完了。
黑色的電話線源斷了，
聲音就是無法爬行而過。

如果我已殺一人，我等於殺了兩個——
那吸血鬼說他就是你
並且啜飲我的血已一年，

實際是七年，如果你真想知道。
爹地，你現在可以安息了。

你肥胖的黑心裡藏有一把利刃，
村民們從來就沒有喜歡過你。
他們在你身上舞蹈踐踏。
而他們很清楚那就是你。
爹地，爹地，你這渾球，我完了。

（1962年10月12日）

譯註：瑙塞特，位於美國麻州東南的科德角，面大西洋。達浩，奧胥維茲，巴森為集中營名稱。提洛爾，奧地利西部山岳地帶。《我的奮鬥》，希特勒自傳。在為BBC廣播節目「普拉絲新詩作」所寫的文稿中，普拉絲說：「此詩的說話者是一名有戀父情結的女子。她把父親當作神，但是他卻死了。她父親是納粹黨員，而母親可能具有猶太血統，這使得女兒的心情更形複雜。這兩股力量在她心中結合，卻癱瘓彼此——她必須再現可怖的寓言，才能釋放自己。」

你是（You're）

小丑般的，樂極了兩手趴著，
雙腳向星星，頭如月亮，
臉腮如魚。很自然地
無意與絕種的巨鳥為伍。
線軸似地將自己裹起來，
貓頭鷹般拖曳著你的黑暗。
沉默如蘿蔔，從七月四日
國慶日直到愚人節。
噢，隆起來了，我的小麵包。

朦朧如霧，又像郵件般被期盼著。

比澳大利亞還要遙遠。
駝背的亞特拉斯，四處遊歷的斑節蝦。
舒適小巧如蓓蕾，自在
如醃菜罐裡的小鯡魚。
一簍鰻魚，滿是漣漪。
躍動如墨西哥跳豆。
正確，一如運算無誤的總數。
一塊潔淨的石板，映著你自己的臉龐。

（1960年1／2月）

譯註：此詩寫於女兒弗莉達出生前數星期。亞特拉斯（Atlas）是希臘神話裡的擎天神，屬於泰坦神族。他被宙斯降罪，用雙肩支撐蒼天。

高熱一〇三度（Fever 103°）

純潔？這是什麼意思？
地獄之舌
遲鈍，鈍如

遲鈍肥胖的塞伯斯的三根舌頭，
它在冥府大門口喘息。無能
舔淨

寒顫的肌腱，罪惡，罪惡。
火種在泣訴。
熄滅的蠟燭

驅不散的氣味！
親愛的，親愛的，這低低的煙霧從我身上
飄出如伊莎朵拉的圍巾。我恐怕

有條圍巾會緊緊纏住輪子。
如此黃且陰鬱的煙霧
自己衍生出元素。它們不會上升，

只是繞著地球滾動，
悶死老者和弱者，
小兒床裡

虛弱的溫室嬰兒，
把其空中花園懸於空中的
慘白的蘭花，

邪惡的花豹！
輻射使它變白，
不到一個小時就斃命。

在通姦者的身上塗抹油脂
像廣島的灰燼，並且吞噬著。
罪惡。罪惡。

親愛的，整個晚上
我都閃爍不定，暗，明，暗，明。
被褥變得和色鬼的親吻一樣沉重。

三天。三夜。
檸檬水，雞肉
汁，水汁使我嘔吐。

我太純潔了不適合你或任何人。
你的身體
刺傷我，就像世人刺傷上帝。我是燈籠——

我的頭是日本紙
紫的月亮，黃金槌薄的皮膚
極其纖細，極其昂貴。

我的熱度沒有嚇壞你嗎？還有我的光。
自依自在，我是株巨大的山茶，
熠熠閃耀，一收一放，波波亮光泛湧。

我想我在上升，
我想我可以升起——
灼熱的金屬珠子飛著，而我，親愛的，我

是純潔的乙炔
童貞女，
由玫瑰守護著，

由吻，由帶翼的天使，
由這些粉紅色事物所代表的一切涵義守護著。
不是你，也不是他

也不是他，也不是他
（我的自我逐漸瓦解，老妓女的襯裙）——
飛向天堂。

（1962年10月20日）

譯註：塞伯斯，守護冥府的三頭之狗。伊莎朵拉即舞蹈家鄧肯（Isadora Duncan, 1877-1927）。她在參加宴會出來後，踏上汽車，當汽車發動時，她頸上的長圍巾被捲進輪中，將她活活絞死。在為BBC廣播節目「普拉絲新詩作」所寫的文稿中，普拉絲說：「這首詩講述兩種火——讓人痛苦的地獄之火，以及讓人純淨的天堂之火。隨著詩作的開展，第一種火在飽經折磨之後，提升為第二種火。」

養蜂集會（The Bee Meeting）

在橋頭與我碰面的是些什麼人？是村民們——
教區牧師，助產士，教堂司事，蜜蜂代理商。
我身穿無袖夏季洋裝，無護身之物，
而他們全都戴了手套和帽子，為何無人告知我？
他們微笑著取下別在古舊帽子上的面罩。

我赤裸如一根雞脖子，我不討人喜歡嗎？
不是，養蜂會祕書帶了一件她店裡的工作服，
替我扣好腕部袖扣以及從頸到膝的縫隙。
我現在是馬利筋的穗鬚，蜂群察覺不到的。
它們不會嗅到我的恐懼，我的恐懼，我的恐懼。

哪位是教區牧師？是那個黑衣人嗎？
哪位是助產士？那是她的藍外套嗎？
每個人都點著黑色的方形頭，他們是戴著面甲的騎士，
腋窩下捆紮著粗棉布做成的胸甲。
他們的微笑與聲音不一樣了。我隨他們穿過一片豆子田，

一條條錫箔像人似地眨著眼，
羽毛撢子在豆苗花海中搧動它們的手，
淡黃的豆苗花有著黑眼睛和看似煩悶之心的葉片。
鬚莖捲拉起的轂筋，可是凝結的血塊？
不，不，那是有一天可供食用的猩紅色花朵。

現在他們給我一頂時髦的白色義大利草帽
和一塊與我臉相搭的黑面紗，將我變成他們的一員。
他們帶我走向修剪過的樹叢，蜂巢圍成的圓圈。

這如此令人作嘔的氣味可是出自山楂？
山楂光禿的軀幹，麻醉自己的孩子。

某個手術正在進行嗎？
我的鄰居們等候的是外科醫生，
這穿戴綠頭盔，
亮手套和白袍的幽靈。
是肉販，雜貨商，郵差？某個我認識的人嗎？

我無法跑動，我已生了根，荊豆刺痛我，
以它黃色的豆莢，釘刺狀的武器。
我一旦開始奔跑，就得永不停歇地奔跑。
白色蜂巢溫暖舒適，一如處女蜂，
封鎖住她的孵巢，她的蜂蜜，而後輕聲嗡鳴。

煙霧在樹叢裡翻捲繚繞。
蜂群的智者認為一切都完了。
它們來了，前導車隊，騎著歇斯底里的橡皮帶。
我若站立不動，它們會以為我是峨參，
一個未經仇恨洗禮的易上當腦袋，

連頭都沒點一下，灌木樹籬中的大人物。
村民打開蜂箱，獵捕蜂后。
她正躲著？在吃蜂蜜嗎？她非常聰明。
她老了，老了，老了，得再活一年，她心裡明白。
在指關節似的巢室中，新一代的處女蜂們

夢見一場她們必然獲勝的決鬥。
一道蠟簾阻隔了她們的求偶飛行，
女兇手進入愛她的天堂的飛升之旅。

村民們挪動處女蜂，不會有殺戮行動。
老蜂后不現身，如此不知感恩嗎？

我筋疲力竭，筋疲力竭——
飛刀射來而眼前昏黑的白色柱子。
我是不畏縮的魔術師女助手。
村民正在卸除偽裝，他們彼此握手。
樹叢中那只白色長箱是誰的，他們完成了什麼，為何我全身發冷。

（1962年10月3日）

譯註：蜂后是蜜蜂群體中唯一能正常產卵的雌性蜂。在蜜蜂家族成員中，蜂后（或稱蜂王）是唯一具有產卵、生殖能力的雌蜂，其壽命遠比其他蜜蜂長，除了負責繁殖後代，在蜂群中也居統治地位。處女蜂是尚未交配的雌蜂。在蜂群的繁殖季節，蜂群會修築多個王台哺育新的蜂后，第一個出台的新蜂后會殺死未出台的蜂后，以繼承老蜂后的蜂巢，成為新的蜂后，通常老蜂后會在新蜂后出台前帶領一部分蜜蜂離開原巢。雄蜂的唯一職責是與蜂后交配，交配時蜂后自巢中飛出，所有雄蜂隨後追逐，此舉稱為「婚飛」

（求偶飛行）。蜂后的婚飛擇偶是通過飛行比賽進行的，只有獲勝的雄蜂才能成為配偶。交配後，雄蜂的生殖器脫落在蜂后的生殖器中，雄蜂隨後死亡。

蜂箱的到臨（The Arrival of the Bee Box）

我訂購了這個，這乾淨的木箱
方如座椅而且重得幾乎無法搬動。
我會把它當成侏儒或
方形嬰兒的棺柩，
要不是裡面這麼嘈雜。

這個箱子是鎖著的，它是危險的。
我得和它一起過夜，
我無法遠離它。
沒有窗戶，所以我不能看到裡面的東西。
只有一道小小的鐵柵，沒有出口。

我把眼睛擱在鐵柵上。
它黑暗，黑暗，
讓人覺得是一群聚集的非洲奴工，
渺小，畏縮，等著外銷，
黑與黑堆疊，憤怒地向上攀爬。

我怎樣才能釋放它們？
就是這種噪音最令我驚嚇，
無法理解的音節。
像羅馬的暴民，
個別觀之，很渺小，但是聚在一起，天啊！

我附耳傾聽狂怒的拉丁語。
我不是凱撒大帝。
我只不過訂購了一箱瘋子。

它們可以退回。
它們可以死去，我不必餵食它們，我是買主。

我不知道它們有多飢餓。
我不知道它們是否會忘記我
如果我開了鎖並且向後站成一棵樹。
那兒有金鏈花，它金黃的柱廊，
以及櫻桃的襯裙。

它們可能立刻不理睬
穿著登月太空裝，戴著黑紗的我。
我不是蜂蜜的來源。
它們怎麼可能轉向我？
明天我將做個親切的神，還它們自由。

這個箱子只是暫時擺在這兒。

（1962年10月4日）

蜂螫（Stings）

我徒手搬遞蜂窩。
那白衣男子微笑，也是徒手，
我們的粗棉布護手套整潔可人，
手腕的開口處有勇敢的百合。
他與我

之間隔著一千個乾淨的蜂巢，
八隻黃色杯子狀的蜂窩，
蜂箱本身就是個茶杯，
白色杯身有粉紅花圖案。
我帶著極度的愛意為它上釉，

心裡想著「甜美，甜美」。
孵巢灰暗，一如貝殼化石
令我恐懼，它們似乎很老。
我買的是什麼？蟲蛀的桃花心木箱嗎？
裡面到底有無蜂后？

即使有，她也老了，
雙翅是撕裂的披肩，長長的身體
被磨光了長毛絨——
既可憐又赤裸又無后儀，甚至丟人現眼。
我站在一列

長著翅膀，平凡無奇的婦女縱隊中，
採蜜的苦力。
我絕非苦力，

雖然多年來我吃塵土，
用我濃密的頭髮擦乾餐盤。

看著自己的奇異特質蒸發，
藍色露珠消逝於危險的皮膚。
她們會不會恨我，
這些只會忙進忙出，
關心的只是櫻桃與苜蓿開花消息的婦女？

快結束了。
我掌控全局。
我的製蜜機在這兒，
它不假思索便能運轉，
開啟，在春天，像一隻勤勞的處女蜂

搜尋逐漸凝成乳脂的花冠，
一如月亮，為了它象牙白的粉末，搜尋海面。
第三者正在注視。
他與蜜蜂販子或與我都不相干。
現在他已離去，

距離八大步之遠，一頭絕佳的代罪羔羊。
這裡是他的一隻拖鞋，這裡是另一隻，
這裡還有他用來當帽子戴的
白麻布方巾。
他曾是甜美的，

勤奮工作，汗如雨下，
用力拖著世界結出果實。
蜂群識破了他，

如謊言般在他雙唇上發霉，
讓他的五官更形複雜。

它們認為值得一死，但是我
有個自我尚待尋回，一隻蜂后。
她死了嗎？還是在沉睡？
有著獅紅之軀，玻璃之翼的
她上哪兒去啦？

此刻她正在飛翔，
比以往更為可怕，紅色
傷疤懸於空中，紅色彗星
劃過殺害她的引擎上方——
這陵墓，蠟鑄的屋子。

（1962年10月6日）

譯註：工蜂是蜂群中繁殖器官發育不完善的雌性蜜蜂，負責採集花粉、釀蜜、築巢、飼餵幼蟲、清潔環境、保衛蜂群及貯存食物等工作。工蜂螫人後，其螫針連同腸臟留在人體皮膚中，所以它很快就會死亡。

蜂群（The Swarm）

有人在我們的鎮上射擊——
單調的砰砰聲在星期天的街上。
嫉妒能挑起殺戮，
它能製造出黑色的玫瑰。
他們在向誰射擊？

刀刃沖著你而發
在滑鐵盧，滑鐵盧，拿破崙，
厄爾巴島的隆肉駝在你短小的背上，
而霜雪，引導著它光亮的刀劍
一堆一堆地，說著噓！

噓！這些是與你對弈的棋子人，
靜止的象牙形象。
泥濘在喉際蠕動，
法國靴底的踏腳石。
鍍了金的粉紅色俄國圓頂溶解並且飄落

於貪婪的熔爐裡。雲朵，雲朵。
蜂群如是呈球狀，逃逸入
七十呎上空，一棵黑色的松樹。
它一定會被擊落。砰！砰！
它竟愚蠢得以為子彈是雷聲隆隆。

它以為那是上帝的聲音
赦免狗的鼻，爪，齜牙咧嘴，
黃色後腿的狗，一條駄運的狗，

對著它的象牙骨頭咧笑
像那群狗，那群狗，像每一個人。

蜜蜂已飛得如此遙遠。七十呎高！
俄國，波蘭和德國！
溫馴的山丘，相同的古老而紫紅的
田野皺縮成一枚便士
旋入河流，河流被越過。

蜜蜂爭辯著，圍聚成黑色球體，
一隻飛行的豪豬，全身長滿了刺。
那灰手的人站在它們夢想的
蜂房下，蜂巢車站，
那兒火車們，忠實地循著鋼鐵的圓弧，

離站進站，這個國度沒有盡頭。
砰，砰！它們掉落
瓦解，落入長春藤的樹叢裡。
雙輪戰車，騎從，偉大的皇軍到此為止！
紅色的碎布，拿破崙！

最後的勝利徽章。
蜂群被擊入歪斜的草帽。
厄爾巴，厄爾巴，海上的氣泡！
軍官，上將，將軍們白色的胸像
爬行著把自己嵌入神龕。

這多麼具有教育意味啊！
沉默，條紋的身體
在鋪有法蘭西之母軟墊的船板前行

墜入一座新的陵墓，
象牙的宮殿，椏叉的松樹。

那灰手的人微笑著——
商人的微笑，十足的現實。
那根本就不是手
而是石棉容器。
砰，砰！「不然它們會幹掉我的。」

大如圖釘的蜂螫！
蜜蜂似乎具有榮譽的觀念，
一種黑色、頑強的心智。
拿破崙大悅，他對一切都很滿意。
哦歐洲！哦一噸重的蜂蜜。

（1962年10月7日）

譯註：蒙眼在突出舷外的船板上行走而落海（walk the plank），是十七世紀海盜處死俘虜的一個方式，後來引申為「被迫放棄」之意。休斯為此詩所作的註解如下：「蜜蜂群聚時，有時會在高樹上結成球狀，決定去向。養蜂人會用突來的巨響，譬如槍聲，把它們弄到他搆得到的較低位置，將之收攏入箱子。然後養蜂人再將蜂群搖落到一個寬大的表面，讓之滑進新的空蜂巢。蜜蜂會溫馴地進入蜂巢，一如詩末所描述的。」

過冬（Wintering）

這是悠閒時光，無事可做。
我已旋轉助產士的吸取器，
擁有自己的蜂蜜，
共六罐，
酒窖裡的六隻貓眼，

過冬，在無窗的黑暗中，
在屋子的中心，
緊鄰上一個租屋者腐臭的果醬
以及空洞閃光的瓶子——
某某先生的杜松子酒。

這是我從未踏進過的房間。
這是讓我無法呼吸的房間。
黑被糾集於該處，像隻蝙蝠，
沒有光，
只有火炬和投射於

駭人物體上的中國黃——
黑色的愚鈍。腐朽。
占有。
是它們將我占有。
既不殘酷也不冷漠，

只是無知。
對蜜蜂而言這是堅持的時節——蜜蜂
動作好慢，我幾乎認不出來，

它們像士兵一般
成縱隊朝糖漿罐前進

去補足被我取走的蜜。
泰萊白糖讓它們活下去，
精煉之雪。
它們靠泰萊白糖，而非花朵，維生。
它們吃它。寒氣到臨。

它們圍聚成球狀，
與所有的白
對抗的黑色心智。
雪的微笑是白色的。
它鋪展自己，一哩長的麥森瓷器廠，

在暖日，它們只能
將死者搬入其內。
蜜蜂都是女人，
侍女和修長的皇家貴婦，
她們已擺脫男人，

那些遲鈍，笨拙的蹣跚者，那些鄉下人。
冬季是女人的季節——
那婦人，依然編織著毛線，
在西班牙胡桃木的搖籃旁，
她的身子是受凍的球莖，喑啞得無法思索。

這群蜜蜂會存活下來嗎？這些劍蘭
能夠將它們的火儲存起來
邁入來年嗎？

它們嚐起來是何滋味？聖誕玫瑰嗎？
蜜蜂在飛翔。它們品嚐春天。

（1962年10月8–9日）

譯註：泰萊公司（Tate & Lyle）是英國糖業和農業加工大廠，於一九二一年由英國兩家製糖公司（Henry Tate & Sons and Abram Lyle & Sons）合併而成，因而得名。麥森（Meissen），德國瓷器工廠，是第一個歐洲瓷器廠，成立於十八世紀。工蜂是蜂群中繁殖器官發育不完善的雌性蜜蜂。蜜蜂有特殊的禦寒方式：當巢內溫度低時，它們在蜂巢內互相靠攏，聚結成球狀體，溫度越低，球團結得越緊，使表面積縮小，密度增加，以防止降溫過多。同時，它們還用多吃蜂蜜和加強運動來產生熱量，以提高蜂巢內的溫度。蜂后和工蜂都是雌蜂，雄蜂在交配過後即死亡，蜂巢可說是一個以女性為主宰的社會。

懸吊的人（The Hanging Man）*

某個神祇抓住我的髮根。
我在祂藍色電流裡嘶嘶作響像沙漠中的先知。

夜晚如蜥蜴的眼瞼一眨猛然消逝：
無遮蔽的眼窩中赤裸裸白色日子的世界。

兀鷹般的倦怠把我釘在這樹上。
倘若他是我，也會做同樣的事。

（1960年6月27日）

小賦格（Little Fugue）*

紫杉的黑色手指搖擺；
冰冷的雲朵行過上方。
聾子和啞巴如是
發信號給盲者，全都未被理睬。

我喜歡黑色的陳述。
此刻，那雲朵平淡無奇！
白得和一隻眼一模一樣！
盲鋼琴師的眼，他
在船上與我同桌用餐。

他摸索食物，
手指長著黃鼠狼的鼻子。
我無法移開視線。

他聽得見貝多芬：
黑色紫杉，白色的雲，
可怖的紛繁。
手指的陷阱——琴鍵的喧嘩。

空虛愚蠢，有如盤碟，
盲者於是笑了。
我羨慕那巨大的噪音，
《大賦格》的紫杉樹籬。

耳聾是另一回事。

如此黑暗的漏斗啊，父親！
我看見你的聲音，
黑色，多葉，和我童年時一樣，

層級森然的紫杉樹籬，
哥特式，野蠻——純粹的德國風。
死者的哭喊自那裡傳來。
我無一絲罪惡感。

那麼，紫杉是我的基督。
它不也同樣飽受折磨嗎？
而你，大戰期間，
在加州的熟食店，

剁著香腸！

它們為我的睡夢著色，
紅色的，斑駁的，像砍斷的脖子。
一片寂靜！

另一層級的巨大寂靜。
當時我七歲，懵懂無知。
世界浮現。
你剩下一條腿，和一個普魯士頭腦。

現在，相似的雲朵
正鋪展它們虛無的床單。
你一句話也不說嗎？
我的記憶跛著腿。

我記得一隻藍眼睛，

一只裝了橘子的公事包。
這即是一個男人了！
死亡敞開，像一株黑樹，黑黑地。

我挺過了這段時間，
梳理我的早晨。
這些是我的手指，這是我的嬰孩。
雲朵是婚紗，帶著那股蒼白。

（1962年4月2日）

譯註：《大賦格》（*Grosse Fuge*），貝多芬晚期弦樂四重奏（Op.133，降B大调）。休斯說普拉絲在寫作此詩的階段，對貝多芬晚期弦樂四重奏極感興趣，特別是此曲。

年歲（Years）*

它們進場，像來自冬青外太空的
動物，彼處尖刺不是
我如瑜伽修行者般開啟的意念，
而是綠與黑，如此純粹，
它們凝結，具體存在。

噢上帝，我不像你
在你空無的黑暗中，
星星四處依附，明亮愚蠢的五彩碎紙。
永恆讓我厭煩，
我從來不想得到。

我愛的是
運動中的活塞——
我的靈魂死於其前。
還有馬群的奔蹄，
它們無情的翻騰。

而你，偉大的壅滯——
究有什麼偉大！
門口這吼聲，可是今年的老虎？
可是一位基督，
他心中

可怖的微小神性
極渴望飛翔並以此做一了結？
血色漿果自在清明，非常鎮定。

馬蹄無此能耐，
活塞在藍藍的遠方嘶嘶作響。

（1962年11月16日）

慕尼黑衣架模特兒（The Munich Mannequins）*

完美是可怕的，生不出孩子。
冰冷如雪的呼吸，堵死子宮

紫杉在其內爆裂如九頭蛇，
生命之樹和生命之樹

釋出它們的月亮，月復一月，全無結果。
鮮血的湧出是愛的湧現，

純粹的犧牲。
意味著：別無偶像，除了我，

我和你。
如是，帶著她們硫磺質的可愛，帶著微笑，

這些衣架模特兒今夜倚身
慕尼黑，這巴黎與羅馬之間的停屍間，

她們裸體，禿頭，披著毛皮，
銀棍上的橘色棒棒糖，

難以忍受，沒有思想。
白雪落下片片黑暗，

四下無人。在旅店中
一雙雙手將會開門，擺放

等候碳擦亮的鞋子
讓寬腳趾明天穿著離去。

噢，這些窗子的居家味，
嬰兒蕾絲，綠葉糕點糖果，
沉睡於深不見底之驕傲裡的魁肥德國佬。
掛鉤上的黑色電話

閃閃發光，
一邊閃爍，一邊消化著

緘默。雪緘默無聲。

（1963年1月28日）

圖騰（Totem）*

引擎在殘害軌道，軌道是銀色的，
向遠處延伸。它終究會被吞沒的。

它的奔逃徒勞無功。
夜幕低垂時，淹沒的田野是一幅美景，
黎明將農夫像豬仔一樣鍍上金箔，
穿著厚外套重心有點不穩，
前方是史密斯菲爾德的白色高塔，
他們記掛的肥臀和血。

切肉刀閃閃發光，無慈悲可言，
屠夫的斷頭台低語：「這樣如何？這樣如何？」
野兔在碗裡墮胎，
它胎兒的頭易位，浸在香料裡防腐，
被剝去了毛皮和人性。
讓我們把它當作柏拉圖的胞衣吃下，
讓我們把它當作基督吃下。
彼等曾貴為要人——
他們的圓眼、牙齒、鬼臉
在一根卡嗒喀擦作響的棍子，一條假蛇上。

眼鏡蛇的傘狀頸部會讓我膽寒嗎？——
它眼中的孤獨，天空

恆在其中穿梭的群山之眼？
這世界熱如血而且私密

黎明滿臉血紅地說道。
沒有終點站，只有手提箱

同一個自我像一套衣服般自其中展開，
光溜溜又亮晶晶，還有好幾個口袋

裝滿願望、概念和票券，短路和折疊鏡。
蜘蛛揮舞它眾多的手臂，高喊：我瘋了。

而事實上，這很可怕，
在蒼蠅的眼中成倍數增加。
它們在無邊無際的網中
嗡嗡作響，像憂鬱的孩童，
一端被帶著許多棍子的
死神用繩子圈住。

（1963年1月28日）

譯註：史密斯菲爾德（Smithfield），倫敦中央市場，英國最大的肉品批發市場。普拉絲在她的倫敦寓所可看到其白色高塔。

癱瘓者（Paralytic）*

發生了。會這樣下去嗎？——
我心如岩，
無手指可抓取，也沒有了舌頭，
我的神是鐵肺，

它愛我，替
我的兩個
集塵袋打氣抽氣，
不會

讓我重蹈覆轍，

而戶外的白晝悄然流逝，像收報機的紙帶。
夜帶來了紫羅蘭、
眼睛的繡帷，

燈光，
不知名姓的輕聲
說話者：「你還好嗎？」
漿硬的，無法接近的胸膛。

壞死的卵，我完整地
躺在
一個我無法觸摸的完整世界，
在我睡椅

白色，緊繃的鼓上，

相片前來探視我——
我的妻子，已故，乾扁，穿著二〇年代的皮草，
滿嘴都是珍珠，

兩個女孩，
和她一樣乾扁，低聲說：「我們是你的女兒。」
靜止的水
包覆了我的唇，

眼睛，鼻子和耳朵，
一張我無法扯裂的
玻璃紙。
我裸背仰臥，
微笑著，一尊佛，一切

需求、慾望
從我身上墜落，如指環
擁抱自身的光。

木蘭花的
爪瓣，
沉醉於自己的香氣，
於生無所求。

（1963年1月29日）

氣球（Balloons）*

打從聖誕節，它們就和我們一起生活，
無心機且清朗，
橢圓的靈性生物，
占據了一半空間，
移動摩擦於絲質的

隱形氣流之上，
受到攻擊，便嘎吱一聲
砰然爆裂，急速歇止，奄奄一息。
黃色的貓頭，藍色的魚——
我們與如此奇異的月亮共處一室

而非僵死的家具！
草蓆，白牆
以及這些充注了稀薄空氣的
遊走球體，紅色，綠色，
賞心悅目

彷彿願望或自由自在的
孔雀為古老的大地
祈福，以一根星辰之鐵
打造的羽毛。
你幼小的

弟弟正把玩著氣球
讓它發出貓一般的叫聲。
他似乎看到

氣球另一邊有個好玩又好吃的粉紅世界，
他咬了一口，

接著身體
往後坐，肥嘟嘟的水罐
凝視著一個清澈如水的世界。
一塊紅色
碎片在他小小的拳頭之中。

（1963年2月5日）

七月的罌粟花（Poppies in July）*

小小的罌粟花，小小的地獄火焰，
你們無害嗎？

你們閃爍不定。我無法捉摸。
我將手伸入火焰中。絲毫不覺灼燙。

令我疲憊，看著你們兀自
搖曳，褶皺斑斑又紅澄澄的，如嘴之皮膚。

剛流過血的嘴。
血淋淋的小裙子！

有些煙霧我觸不到。
你們的鴉片劑和令人作嘔的膠囊在哪裡？

但願我能流血，或者入睡！——
但願我的嘴能與那樣的創傷結縭！

或者你們的汁液滲向我，滲入這玻璃器皿裡，
讓我感覺遲鈍，心情平靜。

卻沒了顏色。沒了顏色。

（1962年7月20日）

仁慈（Kindness）*

仁慈在我的屋裡四處滑行。
仁慈女士，她如此和藹可親！
她戒指上藍色紅色的寶石
在窗口冒出煙霧，鏡子
滿是笑意。

還有什麼和孩子的哭聲一樣真切？
兔子的叫聲也許更為張狂
但它沒有靈魂。
糖能療癒一切，仁慈如是說。
糖是必要的流質，

它的結晶體是一小帖藥膏。
仁慈啊，仁慈
貼心地撿起碎片！
我的日本綢衣，死命掙扎的蝴蝶，
隨時都可能被釘住，被麻醉。

而你來了，端著一杯
蒸氣繚繞的熱茶。
噴出的血液是詩，
任誰也擋不住。
你交給我兩個孩子，兩朵玫瑰。

（1963年2月1日）

挫傷（Contusion）*

顏色湧至此點，暗紫色。
身體其餘的部位都黯然失色，
珍珠的色澤。

在岩石的凹處
大海著了魔似地吸吮，
一個洞穴，整座海的樞軸。

蒼蠅般大小，
末日的記號
緩緩攀牆而下。

心扉關閉，
大海悄然後退，
鏡子罩上了布。

（1963年2月4日）

邊緣（Edge）*

這個女人已臻於完美。
她死去的

身體帶著成就的微笑，
希臘命運女神的幻象

流動於她寬外袍的渦卷裡，
她赤裸的

雙腳似乎在說：
我們已走了老遠，該停下來了。

每一個死去的孩子盤捲著，一條白色的蛇，
在每一個小小的

如今已空了的奶罐子。
她已將

他們捲回自己的體內像玫瑰
的花瓣關閉當花園

凝結而芳香自
夜華甜美、深沉的喉間流出。

月亮沒有什麼值得哀傷，
自她屍骨的頭巾凝視。

她習於這類事情。
她的黑衣拖曳且沙沙作響。

（1963年2月5日）

語字（Words）*

斧頭
劈落之後，樹木鳴響，
發出回聲！
回聲自樹心
蕩開，如群馬奔馳。

樹液
湧出如淚水，如
潭水奮力
在石塊上方
重整其明鏡，

墜滾、旋轉的石塊，
一顆白色頭顱，
被蔓生如野草的綠波吞噬。
多年之後，我
在路上巧遇它們——

乾涸且無人駕馭的語字，
堅持不懈的達達蹄聲。
而
自池底，恆在其位的星辰
統領著一個生命。

（1963年2月1日）

附錄

普拉絲作品中譯七首

巨神像（The Colossus）

我再也無法將你拼湊完整了，
補綴，黏附，加上適度的接合。
驢鳴，豬叫和猥褻的爆裂聲
自你的巨唇發出。
這比穀倉旁的空地還要糟糕。

或許你以神諭自許，
死者或神祇或某某人的代言人。

三十年來我勞苦地
將淤泥自你的喉間剷除。
我不見得聰明多少。

提著熔膠鍋和消毒藥水攀上梯級
我像隻戴孝的螞蟻匍匐於
你莠草蔓生的眉上
去修補那遼闊無邊的金屬腦殼，清潔
你那光禿泛白古墓般的眼睛。

自奧瑞提亞衍生出的藍空
在我們的頭頂彎成拱形。噢，父啊，你獨自一人
充沛古老如羅馬市集。
我在黑絲柏的山巔打開午餐。
你凹槽的骨骼和莨菪的頭髮，對著

地平線，零亂散置於古老的無政府狀態裡。
那得需要比雷電強悍的重擊
才能創造出如此的廢墟。
好些夜晚，我蹲踞在你左耳的
豐饒之角，遠離風聲。

數著朱紅和深紫的星星。
太陽自你舌柱下升起。
我的歲月委身於陰影。
我不再凝神傾聽龍骨的軋轢聲
在碼頭空茫的石上。

（1959年）

情書（Love Letter）

很難述說你帶來的轉變。
如果我現在活著，那麼過去就等於死亡，
雖然，像石塊一樣，不受干擾，
慣性地靜止。
你不只是踩到我一吋，不——
也不只是讓我空茫的小眼
再次望向天空，當然不奢求
了解蔚藍，或者星辰。

以前不是這樣。我沉睡，好比像一條
在冬天的白色停滯期

於黑岩中偽裝成黑岩的蛇——
一如我的鄰居們，不喜歡
那無數輪廓分明的
面頰時時刻刻降下想融化
我的玄武岩雙頰。他們訴諸眼淚，
為單調的大自然哭泣的天使，
但說服不了我。那些眼淚結成了冰。
每個死者的頭上都戴著冰面罩。

我依然沉睡如彎曲的手指。
我首先看到的是純粹的空氣，
和被封鎖的水滴，在露珠中升起，
清澄如精靈。四周眾石環聚，
密實堆疊，表情呆滯。
我不知這其中意涵。

我發光，剝落如雲母，舒展，
讓自己如流體般傾瀉
於鳥足和樹莖葉柄間。
我未被矇騙。一眼就認出了你。

樹與石閃閃發光，沒有陰影。
我的指長透明如玻璃。
我像三月的嫩枝開始抽芽：
一隻手臂和一條腿，手臂，腿。
踏石上雲，我如是攀升。
而今我彷彿某種神祇
在靈魂轉換之時飄浮於空中，
純淨如一格冰窗。這是一份禮物。

（1960年10月16日）

生命（A Life）

你摸摸它：它不會像眼球那樣退縮，
這卵形的範圍，清澈如眼淚。
這裡有昨天，去年——
廣闊無風的針織繡帷裡
花色分明的棕櫚芽和百合。

用你的指甲輕叩這玻璃：
它會乒乓作響如中國的樂鐘，只要有一絲微風拂過，
雖然裡頭的人都不會抬頭看或者費神回答。
這些居民輕如木塞，
每個人都忙碌不休。

在他們腳邊，海浪排成一列鞠躬，
從未暴躁地非法入侵：
停頓於半空中，
套著短韁繩，搔足前進，像閱兵場上的馬匹。
頭頂上，雲朵端坐，飾以流蘇，華貴

如維多利亞時代的坐墊。這家族
情人式的臉孔很能討好收藏家：
看起來很純正，像上好的瓷器。
另一處的風景比較直率。
光不間斷地投落，令人目眩。

有個女人拖著自己的影子繞著
醫院裡一個光禿的茶碟而行。
它宛如月亮，或一頁空白紙張，

好似曾遭受某種私密的閃電戰攻擊。
她安靜地活著，

身無旁物，像瓶中的胎兒，
廢棄的屋子，大海，平壓成圖畫，
她有許多空間可進入。
憂傷和惱怒，已被驅散，
聽任她獨自呆著。

未來是一隻灰色的海鷗，
用它貓叫似的聲音不斷說著離去，離去。
年歲和恐懼，像護士般，照看著她；
一名溺水的男子，抱怨水太冰冷，
自海中爬上岸。

（1960年11月18日）

採黑莓（Blackberrying）

小徑上空無一人，也空無一物，空無一物，除了黑莓，
黑莓植於兩側，雖以右側居多，
一條黑莓小徑，蜿蜒而下，一座海
在盡頭的某處，湧動。黑莓
大如與我的拇指關節，瘖啞如樹籬中
漆黑的眼睛，漲滿
藍紅的汁液，揮霍於我的指間。
我未曾冀求這樣的姊妹血緣；它們一定是愛我的。
為了遷就我的牛奶罐，它們將兩側壓平。
穿黑衣的紅嘴烏鴉自頭頂飛過，聒噪的鳥群——

隨風迴旋於空中的焚燒過的紙片。
它們是唯一的聲音，抗議著，抗議著。
我想海根本不可能出現了。
綠色的高地草原散發光熱，像自內部燃起。
我來到一株樹叢，熟透的黑莓讓它成了一株蒼蠅樹叢，
它們青藍的肚皮和翼片懸掛在中國屏風裡。
這頓漿果蜜汁餐讓它們驚呆了；它們相信真有天堂。
再轉個彎，就是黑莓和樹叢的盡頭了。

現在唯一可能出現的就只有海了。
自兩座山丘間颳起的一陣驟風向我襲來，
以其幽靈似的衣衫掌摑我的臉。
山丘太蒼翠太甜美，不可能有鹹味。
我循著其間的羊徑前行。最後一個彎帶我
抵達山丘的北面，這一面是橙色的岩石，

面向空無，空無，除了光線錫白的
一塊廣大空地，和一陣嘈雜，宛如銀匠們
不停地錘打一塊頑強不屈的金屬。

（1961年9月23日）

事件（Event）

土水氣火諸元素如何變硬、固化啊！——
月光，那白堊的峭壁，
在其裂縫中我們躺臥，

背對著背。我聽見貓頭鷹的啼聲
自寒冷的靛藍中傳來。
難以忍受的母音進入我心。

白色小床上孩子翻來覆去，唉聲嘆氣，
張開嘴巴，急切地求援。
他的小臉鐫刻於痛苦的紅木中。

然後還有那些星星——根深蒂固，堅硬。
一觸：它燃燒，作嘔。
我無法直視你的眼睛。

在蘋果花凍結夜晚的地方
我繞指環之圈而行，
舊錯磨成的溝槽，深而且苦。

愛無法到達此處。
黑色的鴻溝現形。
在對面的唇上

一個小小的白色靈魂飄動著，一條小白蛆。
我的四肢，也同樣地，離我而去。
是誰肢解了我們？

黑暗逐漸融化。我們觸碰，如瘸子。

（1962年5月21日）

小孩（Child）

你清澈的眼睛是絕美之物。
我想讓它裝滿色彩和鴨子，
物物新奇的動物園

你不停思索它們的名字——
四月的雪鈴花，水晶蘭，
無皺紋的

小葉柄，
倒影理當
華美典雅的水塘，

而非這因苦惱而
擰絞的雙手，這暗
無星光的天花板。

（1963年1月28日）

神祕論者（Mystic）

天空是一座鐵鉤廠——
無法解答的問題，
閃爍、醺醉如蒼蠅，
在夏季松樹下黑空氣聚合的發臭子宮裡，
它們的叮吻讓人難以消受。

我記得
木屋上太陽的壞死氣味，
緊繃的風帆，長長鹹鹹的裹屍布。
一旦見到了神，補救良方為何？
一旦陷入困頓

無任何部位殘留，
沒有腳趾，沒有手指，而且被耗損，
耗損殆盡，在太陽的烈火中，在
自古代教堂延伸至今的污漬裡，
補救良方為何？

聖餐板上的藥丸，
死水邊的漫步？記憶？
或是在齧齒動物面前，
拾取明亮的基督碎片，
溫馴的食花者，願望

卑微的安適自在者——
在被雨水刷洗的小茅屋裡，
在鐵線蓮的輪輻底下的駝子。

難道沒有偉大的愛，只能溫柔以待？
大海

可還記得水上的行者？
意義自分子滲漏。
城市的煙囪呼吸，窗戶出汗，
孩子在床上跳躍。
太陽燦開，是朵天竺葵。

心臟尚未停擺。

（1963年2月1日）

Muses

精靈：普拉絲詩集

［最新中譯完整經典版］

作　　者—雪維亞・普拉絲 Sylvia Plath
譯　　者—陳黎・張芬齡
發 行 人—王春申
總 編 輯—李進文
編輯指導—林明昌
主　　編—邱靖絨
校　　對—楊蕙苓
封面設計—羅心梅

營業經理—陳英哲
行銷企劃—張傑凱、魏宏量
出版發行—臺灣商務印書館股份有限公司
23141 新北市新店區民權路 108-3 號 5 樓（同門市地址）
電話：(02)8667-3712　傳真：(02)8667-3709
讀者服務專線：0800056196
郵撥：0000165-1
E-mail：ecptw@cptw.com.tw
網路書店網址：www.cptw.com.tw
Facebook：facebook.com.tw/ecptw

局版北市業字第 993 號
初版一刷：2019 年 6 月
定價：新台幣 380 元

法律顧問—何一芃律師事務所

國家圖書館出版品預行編目 (CIP) 資料

精靈 : 普拉絲詩集 / 普拉絲 (Sylvia Plath) 著 ; 陳黎 , 張芬齡譯 . -- 初版 . -- 新北市 : 臺灣商務 , 2019.06
面 ;　公分 . -- (Muses)
譯自 : Ariel : the integrated edition
ISBN 978-957-05-3213-5(平裝)

874.51　　108007454